ぼくと
×
ロボ型フレンド

サイモン・パッカム
千葉茂樹＝訳

あすなろ書房

WORRYBOT
by Simon Packham

First published in Great Britain in 2023 by uclanpublishing
Published by arrangement with The Anne Clark Literary Agency
through Rights People, London,
through Japan UNI Agency, Inc., Tokyo

ブックデザイン:城所潤+舘林三恵(ジュン・キドコロ・デザイン)

1

ウォータースライダーのてっぺんまで、まだ半分ものぼっていないのに、足がガクガクしてきた。

「ほらジョシュ、あそこ見て！」妹のウィローがいった。「母さんと父さんだよ」

手すりから手をはなすのはいやだったけど、ふたりにむかってなんとかいそいで小さく手をふった。

「かあさーん！　とうさーん！」ウィローが叫《さけ》ぶ。「見て見て、わたし世界のてっぺんにいるよ！」

この高さからだと、ふたりは小さく見える。もう二度と、下を見るのはやめておこう。

「はしゃぐのはやめろよ、ウィロー。この階段《かいだん》はすべりやすいんだぞ」

ウィローはぼくの手をにぎって、一段《だん》上へとひっぱる。

「ねえ、ジョシュ、最高だよね、そう思わない？」

「ああ……まあそうだな」大きなメインプールに浮《う》かぶ、空気でふくらませたタコのあたりに、六年生の子がいないか、たしかめながら答えた。「だけど、ほんとにこれ、やりたいの？」

ウィローは軽蔑《けいべつ》するような目でぼくを見た。ウィローのシルバニアファミリーの結婚《けっこん》パーティーへの招待《しょうたい》を、ぼくがことわったときのように。

「あたりまえでしょ。ジョシュはやりたくないの?」

「もちろんやりたいさ」ぼくは必死で手がふるえないようにしながらいった。「ぼくはただ、ウィローの心の準備《じゅんび》ができてるのか確認《かくにん》したいだけだよ。ほら、もう一回、小さい方のウォータースライダーにしておいたほうがいいんじゃないかなと思って」

「わたし、七歳《さい》だよ」ウィローが誇《ほこ》らしげにいった。「いこうよ、ジョシュ、ほら、さあ!」

去年だったら、きっと更衣室《こういしつ》からでることもできなかっただろう。なので、ぼくとしては、てっぺんまでのぼってきただけでじゅうぶんだ。

「どっちからいく?」監視員《かんしいん》のおねえさんがたずねた。

このレジャーセンターには、ウォータースライダーが二種類ある。黄色い方は、小さいふつうのすべり台型《がた》で二回ほどゆるやかにまわるだけで、スピードもそんなにでない。そしてもうひとつが、ねじれたチューブ型《がた》のすべり台で、ぼくはまだ一度もすべったことはない。学校のだれもが「ブラックホール」と呼《よ》んでいる。

「ぼくから」ぼくはそういった。真っ暗なチューブのなかをのぞきこむと、全身に鳥肌《とりはだ》が立った。

「両腕《りょううで》は、ぴったり体につけててね。グリーンのライトが見えたらゴーだよ」

ぼくはじわじわとブラックホールに近寄《ちかよ》った。ぼくはほんとうに、ほんとうにこれがやりたいんだ。

でも、それってほんとう？　ぼくは……。

「ジョシュ、ジョシュ」ウィローがいった。「グリーンのライトがついたよ。ほら」

監視員《かんしいん》はじれったそうに髪《かみ》の毛をいじりはじめた。「まあ、ごゆっくりどうぞ」

「ウィローに先にいってもらおうかな」

ウィローはにこっと笑って、首を横にふった。「だいじょうぶだって、ジョシュ。下で待ってて」

おそろしいことが起こるとしたらなんだろう？　これが去年だったら、最低でも六つは思い浮《う》かぶ。

たとえば、すべりおりてる最中でゲロを吐《は》いてしまうとか、同じクラスの子たちが下で待ってるところへ、海水パンツが脱《ぬ》げた状態《じょうたい》で登場するとか。でも、いまのぼくはちがう。ええと、まあだいたいは。

「だいじょうぶ、できるよ」ウィローがささやいた。「わたしにはわかってる」

「そろそろ、どう？」監視員《かんしいん》がいった。「すべりたくないんなら、つぎの人にかわってもらうけど」

「だいじょうぶです」ぼくはプールが発明されて以来最悪のいいわけを、なんとかひねりだした。

「ただ、ちょっと……目に水がはいっちゃって」

「それじゃあ、いそいでくれないかな。閉園《へいえん》まであと六時間しかないんだけど」監視員《かんしいん》がいった。

ぼくは金属製《きんぞくせい》の手すりをにぎって、チューブの入口へと体を前におしだした。最初は動きださなかったけれど、体をうしろにそらすと、おしりが勢《いきお》いよくすべりだした。もう、とめられない。

「うーわぁぁぁあああーーーー!!!」

気づいたときには、ぼくの体はすごいスピードで真っ暗なチューブをつき進んでいた。思いもかけないタイミングで、体はねじれ、ゆさぶられ、あちらこちらへと放り投げられる。まるで、洗濯機《せんたくき》のなかのシャツみたいだ。冷たくて、暗くて、ぬれていて……怖《こわ》い。

だけど……

だけど……

おもしろーい!

「うーわぁぁぁあああーーーー!!!」

勝手に声がでてしまう。でも、そんなこと、どうでもよかった。最高の気分だ。まあ、ほんとうのところ、チューブの先が明るくなっているのが見えたときには、ちょっとだけほっとしたけれど。いっぽうで、このまま永遠《えいえん》につづいてほしいと思う自分もいた。

つぎの瞬間《しゅんかん》、足から先に小さなプールにとびこんでいた。鼻に水がなだれこむ。

「すごいじゃないか!」父さんがいった。「ぼくもやってみようかな」

母さんは、なにかいいたそうな顔でチラッと父さんを見た。

「時間がないんじゃない、アル。ほら、そろそろあれを、ね?」

「ああ、そうだった。すっかり忘《わす》れてたよ」父さんをジロジロ見ていた花柄《はながら》の海水パンツのおじさんに軽くうなずきながら、父さんはそういった。

「忘《わす》れてたって、なにを?」ぼくはいった。

答えが返ってくる前に、ワンダーウーマンの水着姿《すがた》のウィローが、チューブからとびだしてきた。

「ねえ、見てた? ねえねえ、見てた? ねえねえ」

「もちろんよ、ちゃんと見てたわ」母さんはワンダーウーマンの肩《かた》をだいていった。「楽しかった?」

「最高に、すごくておもしろくて楽しかった!」ウィローはいった。「だよね、ジョシュ?」

「うん……そうだね」てっぺんでパニックになったことは話さないでほしいな、と思いながらいった。

「うん、これ、ほんとに最高だったよ」

どっちみち、ウィローは告《つ》げ口するような子じゃない。父さんが大事にしていた「世界一の俳優《はいゆう》」のマグカップを、クリスティアーノ・ロナウドのフリーキックを再現《さいげん》しようとしてこわしたときにも、だまっていてくれた。ゼリーとベークドビーンズを使った科学の実験をしたときには、ウィローは電子レンジのそうじまで手伝ってくれた。

「もう一回やろう」ウィローはいった。「ねえ、ジョシュ、てっぺんまで競争だよ」

「ちょっと待って」母さんはそういうと、またしてもなにかいいたそうに父さんをチラッと見た。

「時間がないのよね、そうでしょ、アル？」

ウィローはがっかりしたような声をだした。「ええー、なんでー？」

「ごめんよ、ウィロー。家に帰らなきゃならないんだ」父さんがいった。

「どうして？」

「それはちょっと……用事があって」母さんがいう。「家に着いたら話すから」

「ここじゃ、話せないの？」ぼくはいった。

母さんが返事をしようとしたところに、さっき父さんをジロジロ見ていた花柄《はながら》パンツのおじさんが、ニヤニヤ笑いながら割《わ》りこんできた。

「ちょっと、待てよ。あんたがだれだか思い出せそうだよ」

父さんは、はにかんだように微笑《ほほえ》んでいる。母さんは急に安全性《せい》が気になったようなふりをして、空気でふくらんだタコを熱心に見はじめた。

「どこかで見たことがあるんだ」おじさんはいった。「あんたは、そうだよあんたは……」

「人ちがいだと思いますよ」母さんはそういって、更衣室《こういしつ》の方へ父さんの手をひっぱっていった。

「よくある顔ですから」

＊　＊　＊

ロッカーのそばでコソコソ話している父さんと母さんを見て、ぼくのスパイダーマンなみの直感がうずきだした。車の後部座席《ざせき》にのりこんだときには、かすかにあやしい日曜日の午後だったのに、たちまちテレビのＳＦドラマなみにまで疑惑《ぎわく》はふくれあがった。

「ねえ、とうさーん」ウィローがせいいっぱいの甘《あま》え声をだした。

「なんだい、ウィロー？」

「晩《ばん》ご飯はテイクアウトにしない？　だめぇ？」

父さんはシートベルトをしめながらいった。「うーん、それはどうかな」

「いいんじゃない」と母さん。「野菜炒《いた》めはあしたにしましょ。わたしはピザがいいな。ジョシュは？」

「うん、いいね」母さんがそんなことをいいだすなんて、すごくめずらしい。ぼくは、レジャーセンターの上にＵＦＯでも飛んでいないかチェックしながらいった。「ガーリックブレッドもいい？」

「スパイシーフライドポテトもおねがい」ウィローがいう。

「ええ、いいわよ。デザートにプディングもどう？」

これには父さんもびっくりしてる。

きょうは日曜日だ。わがパターソン家の長きにわたる栄光の歴史《れきし》のなかで、日曜日にテイクアウトだなんて、これまで一度もなかった。

これはなんだか、たいへんなことが起こりそうだ。

2

プディングのおかわりを三回分食べ終えると、気持ちが悪くなってきた。とはいっても、父さん特《とく》製《せい》のホットチョコレート・マシュマロ・ファッジ・スプリンクルを飲めないほどではない。とろけたピンクのマシュマロとカラフルなチョコスプレーでいろどられた濃厚《のうこう》なホットチョコレートほど「わが家」を感じさせるものはほかにない。

母さんが咳払《せきばら》いをした。「そろそろ話していいんじゃないかな、アル」

父さんがうなずく。「ああ、そうだね」

「話すってなにを？」ぼくはたずねた。

去年のぼくなら、最低でも六つの大災害《だいさいがい》を思いついただろう。でも今年は、せいぜい思いついていったのは、「父さんはまたＤＩＹでなにか作ろうっていうんじゃないよね？」だった。

「いや、なにも悪いことじゃないんだ、ジョシュ」父さんは微笑《ほほえ》む。「そうだよね、エイミー？」

「もちろんよ。悪いことじゃない」と母さん。「それどころか、すごくいいニュースなの」

もし、ウィローがテーブルにのっていいといわれたら、まちがいなくテーブルの上で歌いながらダンスしただろう。

「わたし、知ってる。知ってるよ」

母さんはコーヒーをひと口、ゴクンと飲んでいった。

「ウィローは知らないと思うな。わたしだっておとといの金曜日に知ったばかりなんだから」

「赤ちゃんなんでしょ、母さん？　わたしとジョシュに妹か弟ができるんだ。もしかしたら、両方いっぺんに！」

「ちがうの、ウィロー。赤ちゃんがうまれるわけじゃないの。すくなくともいまのところは」

意地悪にきこえるかもしれないけど、ぼくはちょっとだけほっとした。

「それじゃあ、なんなの？」

「そう、実はね」母さんはにっこり笑って、父さんの手をぎゅっとにぎった。「わたしね、新しい仕事につくことになったの」

ウィローは気持ちをかくすのが苦手だ。露骨《ろこつ》にがっかりした声でいった。「それだけ？」

ぼくは、もっとずっと気持ちをかくすのがうまい。「おめでとう、母さん。それってすごく……よかったね」

「ただの仕事じゃないんだぞ」父さんが興奮《こうふん》気味にいう。「母さんの夢《ゆめ》だった仕事なんだ」

「世界一有名なウサギのトレーナーになって、ＹｏｕＴｕｂｅのチャンネルを開設《かいせつ》するとか？」ウィローがいった。

「それは、あなたの夢《ゆめ》の仕事だと思うな」母さんが笑う。「わたしのは、そんなにエキサイティングなものじゃないの」

「そんなことないよ」父さんはペッパーミルを手に取って、それをマイクみたいにかまえた。「レディーズ・アンド・ジェントルメン、ボーイズ・アンド・ガールズ、それでは、できたてほやほやの新保健所長《しんほけんじょちょう》をご紹介《しょうかい》しましょう。ジャジャーン！」

母さんはいまでも副所長だ。でも、母さんをよろこばせようと、せいいっぱい興奮《こうふん》した声でいった。

「やった、すごいね母さん、おめでとう……えっと、よかったらちょっとゲームをしにいっていいかな？」

「ちょっと待って。ふたりに話さなくちゃいけないことがあるの」

「うん、なに？」

母さんはまたコーヒーをすばやくひと口すすった。「その保健所《ほけんじょ》はブライトンにあるの」

「へえ、そうなんだ」ぼくは寝《ね》る時間になる前に、ゲームのステージをひとつクリアできるかなと上の空だった。「それで、ブライトンってどこだっけ?」

「南海岸沿《ぞ》いの街。ここからは八十キロほどはなれてる」

「ぼくはブライトンの王立劇場《げきじょう》で何度か芝居《しばい》にでたことがあるんだ」父さんがいう。「アンティークショップがたくさんあって、きれいなビーチもあるんだぞ」

「そういえば、サッカーのチームもあるよね」ぼくは早くゲームがしたくてうずうずしていた。「だけど、毎朝車で通うのはちょっとたいへんそう」

ウィローはお気に入りのシルバニアファミリーのハリネズミ、ミスター・プリックルズに水泳を教えはじめた。

母さんと父さんがとつぜんだまりこんだ。ぼくは恐怖《きょうふ》を覚えた。ふたりはまた、食洗機《しょくせんき》に洗《あら》い物をつめるやり方についての口ゲンカでもはじめるんじゃないかと思ったからだ。それで、ぼくは席を立って自分の皿を洗《あら》い流しはじめた。

「もうちょっと待って、ジョシュ。もしかして、なにか誤解《ごかい》してるんじゃないかな?」母さんがいう。

「うん、そうかも。マグカップとコップは上の段《だん》だよね。お皿とかスプーンやなんかと、お鍋《なべ》のセットは下の段《だん》だよね」

「それと、レゴはぜったいにいれないこと」ウィローが口をはさんだ。

母さんはメガネをはずして目をこすった。

「わたしはね、毎朝ブライトンまで車で通うわけじゃないのよ、ジョシュ」

「え？」

「もうちょっとちゃんと説明するべきだったわね。ブライトンの保健所長《ほけんじょちょう》になるってことは、わたしも地域《ちいき》の一員になるってことなの」

父さんはピザの紙箱から冷めたペパロニピザをつまんでいった。

「つまり、みんなでブライトンに引っ越《こ》すんだ。わくわくするだろ？」

「やったー！」ウィローとミスター・プリックルズが叫《さけ》んだ。どちらも、たぶんなにも考えてない。

でも、ぼくは考えた。また気分が悪くなってきた。

「父さんの車は、買い物にいってももどってこられないぐらいオンボロだよね。だれがぼくたちを学校まで送り迎《むか》えしてくれるの？」

「だれも」と母さん。「新しい学校には徒歩で通えるから安心して」

ぼくの胃《い》のなかでチョウチョが曲芸《きょくげい》飛行をはじめた。

「新しい学校？　だけど、新しい学校になんかいきたくないよ」

「わたしも」ウィローは困《こま》ったような顔をしている。「友だちとはどうなっちゃうの？」

「すぐに新しい友だちができるさ」父さんはいった。「それに、いまの友だちとも、テレビ電話ができるだろ？　つまり、友だちが二倍になるってことさ」

「あー、そっか！」とウィロー。

ぼくは十まで数えようとした。一、二、三……。だめだ、やり直し。口がカラカラで、足がガクガクふるえはじめるのを感じた。三のつぎがいくつなのかもでてこない！

「ぼくはどうなるの？」ぼくはつぶやいた。マシュマロとピザがまじりあったドロドロが、胃《い》のなかであばれている。「変化がすごく苦手なのは、わかってるでしょ？　どうしてセント・アンドリューズ小学校にいちゃいけないの？　こんなの不公平だよ」

「だいじょうぶよ、ジョシュ」母さんがいう。「引っ越《こ》しまで三か月あるから。それまでにしっかり心の準備《じゅんび》をすればいい」

頭のなかで百もの大災害《だいさいがい》の予感がひしめき合っている。ぼくは吐《は》いてしまわないよう、ぐっとがまんした。「心の準備《じゅんび》なんて、できるわけない」

父さんはピザの空き箱をリサイクル用にたたみはじめた。

「コリンズ先生とまた話し合うのがいいかもしれないな」

コリンズ先生は、ぼくが最初にいろいろなことを不安に感じはじめたとき、とてもよくしてくれた。ランチタイムになるたびに話しかけてくれて、不安とのつきあい方の「戦略《せんりゃく》」を授《さず》けてくれた。

「マヌケなコリンズ先生なんかと話したくないよ。それに、引っ越《こ》しなんていやだからね」

「なによ、ジョシュ。『パニックン』のくせに」ウィローがいった。

「おい、その呼《よ》び方は二度とするなといったはずだぞ。母さんも、しかってよ！」

ミスター・プリックルズがぼくの肩《かた》にのって、まぎれもないウィローの声で、ぼくの耳にささやいた。

「そんなに悲しむなって。なにもかもうまくいくから」

悲しい気分は吹《ふ》きとんだ。頭にきた。「バカなチビのくせに、おまえになにがわかるっていうんだ？」

母さんもそうとう頭にきたみたいだ。「妹にむかって、そんな口をきくのはやめなさい！」

「ぼくはブライトンになんかいきたくない。なにもかもが、変わっちゃうよ」

「そんなことないから」母さんは、必死で泣くのをがまんしているウィローの肩《かた》をだきながらいった。

「はじめのうちは、わたしもいまより長い時間働かなきゃいけないかもしれないけど、父さんはいままで通り、ずっとそばにいるから」

「もちろん、スピルバーグ監督《かんとく》からお呼《よ》びがかからなければだけどな」父さんがいった。

母さんの声はやさしくなった。「ほら、こっちにきてすわって、ジョシュ。考えなくちゃいけないことは、たくさんありそうね。いっしょに話し合わない?」

いまいちばん必要なのは、みんなでギュッとハグすることだ。そうすれば、ウィローは泣きやむだろう。そうすれば、父さんはまたいつものくだらないジョークで笑わせてくれるだろうし、母さんはきっとなにもかもうまくいくと約束してくれるだろう。でも、問題なのは、それをことばにしようとしたのに、まったくちがうことばが、口からとびだしたことだ。

「話し合うことなんて、なにもない。三人ともだいっきらいだ。ぼくは部屋にいくから」

3

クリスタルパレス対アーセナルのゲームをほんの二分やっただけで、ぼくはコントローラーを放り投げ、ゲーム機をオフにした。

ぜんぜん集中できない。

引っ越《こ》して転校するってことが頭からはなれない。ただ、セント・アンドリューズだって楽しい学校生活がはじまったのは、五年生が終わって六年生になってからなんだけど。

もし、新しい友だちがひとりもできなかったらどうしよう？

もし、勉強がむずかしすぎてついていけなかったらどうしよう？

もし、新しい先生がぼくをきらったらどうしよう？

もし、またぼくの「心配性《しょう》」がぶり返したらどうしよう？

ただし、ぼくはもうむかしのぼくじゃない。だよね？　むかしのぼくは、いろいろなことが心配だった。いろいろというか、ほとんどなにもかもが。でも、最後に深刻《しんこく》なパニックを起こしてからは、ずいぶん時間がたっている。学校に行く前におなかが痛《いた》くなったのは、いつが最後だったのかも覚えていないぐらいだ。それに、コリンズ先生のことをマヌケなんていったのも悪かったと思ってる。あの「戦略《せんりゃく》」はすごく役に立ったんだから。コリンズ先生はなんていってたんだっけ？

「こんなことが起こるんじゃないかと心配していることの、九十九パーセントは、けっして起こらない」そうだよ。だからぼくはベッドで丸まって、起こる確率《かくりつ》が一パーセントはあるってことは考えないようにした。

数分後、すごくいいアイディアを思いついた。もし、ウィローがあのひどいあだ名でぼくを呼《よ》ばなかったら、たぶん思い出しもしなかっただろう。だって、五年生が終わってからは、「あいつ」をチラリと見もしなかったんだから。あのころを思い出してみたら、いまのぼくがどれほどよくなってるか、はっきりとわかるかもしれない。

よし、あいつをさがそう。

たぶん、母さんがいったことは正しい。ぼくが考える「かたづけ」は、ガラクタをでたらめに積みあげて、ベッドの下におしこむってこと。母さんがいう「ガラクタ」の部分はまちがってるけど。ぼくにとってはお宝《たから》なんだから。まあ、どっちにしてもなにか特定のものを見つけるのがむずかしいっていうのはたしかだ。ぼくはスマホのライトをつけて、ベッドの下の「ロストワールド」別名「ジョシュランティス」にもぐりこんだ。

「イテッ！　おっと！　ウワッ！」

スター・ウォーズとハリー・ポッターの地雷《じらい》地帯で、レゴがひじにチクチクつき刺《さ》さってくる。ぼくは古いボードゲームの山をおしのけながら前に進んだ。ツイスター、ハングリーヒッポ、たいくつな単語のスペルゲーム、アスレチックランドゲーム（これは最高）やなんかだ。道がひらけると、おくの方から変なにおいがただよってきた。

ああ、わかったぞ。ぼくはソルト・アンド・ビネガー味のポテトチップス・サンドイッチが大好きだ。そこにトマトケチャップをたっぷりかけたら、もう最高。ただし、それが六か月たったものなら話はべつだ。父さんがまた、ホテル捜査官《そうさかん》の役をやる前に捨《す》ててしまわなければ。

そして、ついに見つけた。夏服をいれたプラスチックコンテナと、スーおばさんのオーストラリア土産《みやげ》の、つばの縁《ふち》からコルク栓《せん》がいくつもぶら下がった帽子《ぼうし》にはさまれている。とつぜん、いまやろうとしていることは、ぜんぜんいいアイディアだとは思えなくなった。いまのぼくにはまだ、早すぎるとしたら？　あいつを見て、もっと悪化してしまったら？　たぶんぼくは……。

「どうしたジョシュ」ぼくは自分にささやきかける。「おまえならできる。だいじょうぶだ」

その目が大きな厚手《あつで》の布製《ぬのせい》だったことや、足がトイレットペーパーの芯《しん》だったことは、すっかり忘《わす》れていた。心臓《しんぞう》がドキンとはねた。ぼくはふるえる手をのばして、ひきよせた。

まるで不発弾《だん》だとでもいうように腕《うで》をのばして持ちながら、もう一度おくにかくして、二度と思い出さないようにしようかとも思った。勇気をふりしぼってようやくベッドの上に寝《ね》かせたものの、ふたをあけるかどうかまだ迷《まよ》う。ぼくはベッドにこしかけ、明るいグリーンのおなかに書かれた大きな黒い文字をじっと見つめた。

パニックパックン

信じてはもらえないかもしれないけれど、こいつを作るのに、母さんとぼくとで日曜日の午後をまるまる使った。ロボットのつもりだけど、三つの靴箱《くつばこ》と、すくなくともセロハンテープひと巻《ま》き半、それにたっぷりの絵の具からできている。

ぼくが具合の悪くなる原因《げんいん》になりそうな心配ごとを紙に書いて、こいつの口にいれて、もうでてこないようにする、というのはコリンズ先生のアイディアだ。うん、わかってるさ。バカみたいだ。だからぼくは、そんなことしたくないといった。でも、結局は母さんに説得《せっとく》されてためしてみることになった。ところが、信じられないかもしれないけど、これがうまくいったんだ。なにかについて不安を感じるたびに、それを紙切れに書いて折りたたみ、パニックパックンの口にいれた。

最初は、ほんとうにやりたくなかった。だから、母さんと父さんが、まず自分たちの心配事を書いて、ぼくにもいっしょにやろう、といいだした。ためしに最初の心配事を書いてみたら、うまくいったんだ。「世界の本の日」にどんな服を着ていったらいいのか、という心配事だったけど。ひと晩《ばん》たったら、心配事がすっかり消えていた、ってわけではないけど、紙に書くことで、怖《こわ》さが薄《うす》れたのはたしかだ。

「ひらけパニックパックン！」ウルヴァリンのポスターがささやく。

「ひらけパニックパックン！」サッカーのスター選手、ラヒーム・スターリングとハリー・ケインがいう。

「ひらけパニックパックン！」ベッドの下からヒーローのフィギュアの一団《だん》とレゴの人形が声をあげる。

ぼくの部屋にあるなにもかも、ゲーム機やサッカーボール型《がた》ライトまでがぼくにむかって叫《さけ》びはじめて、ようやくなかをのぞいてみることにした。

ゆっくりと頭をひきぬき、自分の恐怖《きょうふ》にたちむかう勇気をふりしぼる。

心配事は山ほどあるはずだ。パニックパックンはぎっしり満杯《まんぱい》だった。ありがたいことに、いまはもう、むかしのぼくじゃなかった。字もずっと上手になっている。何枚《まい》かの紙をひらいていくうちに、いまやっていることがまちがいじゃないと確信《かくしん》した。そこに書かれていたもののほとんどは、いまはもうちっとも怖《こわ》くないんだから。

学校に遅刻《ちこく》する
副詞《ふくし》
ロックダウン
粒《つぶ》入《い》りオレンジジュース（いまもきらいだけど、怖《こわ》くはない！）
業績《ぎょうせき》管理評価《ひょうか》会議（これはたぶん母さんの）
カラムの家でのお泊《と》まり会
水泳のレッスン

「コンコン！」部屋の外から声がした。
母さんが、どうして毎回こんなことをするのか、さっぱりわからない。ドアをノックする代わりに、

「コンコン！」っていうんだ。

「はいってもいいかな？」

「うん、いいよ」

「ありがと」そういいながらドアをあけた母さんの顔から、笑顔《えがお》が一瞬《いっしゅん》消えた。パニックパックンに気づいたんだ。「それはもう、必要ないんだと思ってた」

「うん、そうだよ」

「じゃあ、どうして、ひっぱりだしてきたの？」

「役に立つかと思って」ベッドのはしにすわった母さんの横に、ぼくもすわった。ペパロニピザとキュウリ、アボカドのボディクリームの香りがまざった母さんのにおいを感じていると、なぜかほっとした。

「役に立つって、どんなふうに？」

「いまのぼくがどれほどよくなってるか、わかるんだ」ぼくは適当《てきとう》に紙をひろげて声にだして読んだ。

「『シャワールームにとじこめられる』ね、わかるでしょ？」

「なるほどね。わたしはすっかり忘《わす》れてた」母さんはぼくをひきよせて、頭のてっぺんにキスをした。

「転校だって、きっとだいじょうぶだから。それどころか、すごくおもしろいかもよ」

「そうだね」ほんとうは、そんなこと信じたくもないけどそういった。「それに、母さんの夢《ゆめ》がかなうんだから、すごいことだよね。さっきはどなったりしてごめん」

「あら、そんなことあった？」母さんは大幅《おおはば》に賞味期限《しょうみきげん》をすぎたソルト・アンド・ビネガー味のポテトチップス・サンドイッチに手をのばしながらいった。「だけど、ウィローは、まだちょっと傷《きず》ついてると思うな」

ぼくは申しわけなさそうにうなずいた。

「歯をみがくとき、あやまるよ」

「それがいいわ」母さんはまたぼくの頭にキスをした。「ああそうだ、父さんがいってたわよ。寝《ね》る前にサッカーゲームをひと勝負どうだって」

父さんはへたくそだ。選手交代のやり方さえ覚えられない。「うん、いいね」

「父さんは食洗機《しょくせんき》に食器をいれてるところだから、それが終わったらここにくるようにいっておくね」母さんはカビにおおわれたサンドイッチを思いっきり体から遠ざけて持ったままドアにむかった。

「おやすみ、ジョシュ」

父さんはなかなかやってこなかった。それでついつい、パニックパックンの中身にもうすこしざっと目を通した。

バーニー（となりの家の犬のことで、いまはなかよし）
スーパーで母さんを見失う
地球温暖化《おんだんか》（いまでも怖《こわ》い。でも、夜眠《ねむ》れなくなるほどではなくなった）
もう役をもらえないこと（これは父さんの）
私服《しふく》ＯＫの日を忘《わす》れる

読めば読むほど、気分がよくなる。いちばんの瞬間《しゅんかん》は、パニックパックンの底の方から、最古の心配事をひっぱりだしたときだった。当時はすごく深刻《しんこく》なことだったのに、いまでは、ちっとも怖《こわ》くない。

スクルージのロックンロール・クリスマス

よし、最後にもうひとつだけ見たら父さんを呼《よ》びにいこう。ぼくはパニックパックンに手をつっこんで、ちっぽけな紙切れをとりだした。何回も何回も、きっと千回も折りたたんだのだろう。

それを読んだ瞬間《しゅんかん》、どうしてそんなに折りたたまれていたかわかった。

とつぜん、四年生のときにひきもどされた。心臓《しんぞう》がバクバクして、なにもかもが、靄《もや》がかかったようにかすんだ。まちがいなく、ぼくは吐《は》いてしまうだろう。

書かれた文字はとても小さくて、母さんなら老眼鏡《ろうがんきょう》が必要だろう。でもぼくには、バスの車体に書かれた巨大《きょだい》な広告《こうこく》ぐらいに感じられた。でも、これは宣伝文句《せんでんもんく》なんかじゃない。

ただこれだけ。

ロッティ

4

母さんは三か月あれば、心の準備《じゅんび》ができるといっていた。で、どうなったと思う？　ついに当日になったいま、転校はサイアクだと思うし、いまにも吐《は》きそうだ。

「そろそろ出発するぞ」父さんがいった。「いいな、ジョシュ？」

なんとかなるだろうと思っていたところで、薄汚《うすぎたな》いスパイダーマンのリュックサックが目にはいった。四年生のはじめにはすごくかっこいいと思っていたけれど、六年生のなかばのいま、まったく場ちがいだとしたらどうしよう？

「うん、父さん」

「さあ、コートを着て」父さんは新品のピカピカの冷蔵庫《れいぞうこ》を鏡代わりに、ストライプ柄《がら》のニット帽《ぼう》をかぶり直した。「ショーのはじまりだ」

ウィローは裏口《うらぐち》のドアをあけてウサギ小屋にむかって大声をだした。

「バイバイ、デイブ。元気でね。また学校のあとで」

ウォームディーン小学校までは歩いて八分足らず。きのうの「最終リハーサル」のとき、父さんは時間をはかっていた。ぼくは黒いダウンジャケットのフードをかぶり、リュックを背負《せお》って、二月の朝の町へしぶしぶ足を踏《ふ》みだした。

「ねえ、とーうさーん」ウィローが歌うようにいう。「父さんは、きょう、なにをするの?」

「まずは一階のトイレを修理《しゅうり》して使えるようにする。それから、時間があれば、ワンマンショーの準《じゅん》備《び》もするかもしれないな」

ぼくが物心つく前から、父さんはワンマンショーの台本を書いている。でも、だれひとり、母さんさえも、どんな内容《ないよう》なのかは知らない。

「それいいね、父さん」ウィローは道路のむこうを歩く子どもたちにむかって手をふりながらいった。

「わたしはね、新しい友だちをいっぱい作るんだ」

「その手、やめろよ、ウィロー」ぼくはささやいた。「みんなが見てるだろ」

なかには手をふり返してきた子もいた。

ウィローはニンジンを手にいれたウサギみたいにうれしそうだ。でも、大きな低い声がきこえたとたん、ウィローは車のヘッドライトに照らされたウサギみたいになった。そして、ぼくたち三人は凍《こお》りついた。

「待ってたぞ、おまえら」

すごく歳《とし》をとった男の人が、その人の家の前庭に立って、ぼくたちにむかってどなっている。ぼくたちのおじいちゃんより、もっと歳《とし》をとっていそうだ。

「おまえらは、これがおもしろいとでも思ってるのか？」

「すみません」父さんがその古代人に顔をむけ、愛想笑《あいそわら》いをしながらいった。「失礼ですが、わたしたちに話しかけていらっしゃるんでしょうか？」

その老人はゴツゴツした杖《つえ》を頼《たよ》りに、足をひきずりながら垣根《かきね》の方に歩いてきた。

「冗談《じょうだん》のつもりか？」

「まさか」父さんは握手《あくしゅ》をしようと手をさしだした。「なにかお困《こま》りごとでもありましたか？」

老人はヨレヨレの黒いコートのポケットに手をつっこむと、ポテトチップスの空袋《あきぶくろ》二枚《まい》とチョコバーの包み紙をひとつひっぱりだした。

「これがその困《こま》りごとだ。おたくのガキどもが、またおれの庭をゴミ捨《す》て場にしくさった」

「ですが、それはありえません」

老人は目をぎらつかせた。「きさまは、このおれをうそつき呼《よ》ばわりするのか？」

「いえいえ。でも、なにか誤解《ごかい》されてると思いますよ。わたしたちは引っ越《こ》してきたばかりですから。こちらはジョシュとウィロー。こちらの学校の初日なんです」

「それにうちの母さんは、学校にお菓子《かし》を持っていくなんて、ぜったいにゆるしてくれないし」ウィローは父さんの援護射撃《えんごしゃげき》をした。「母さんは新任《しんにん》の保健所長《ほけんじょちょう》なの」

「おまえらからは、目をはなさないからな」老人はにらみつけてきた。「おれの目は節穴《ふしあな》じゃないぞ」

「ごめんなさい。それはどういう意味ですか？」ウィローはいった。

「おれをごまかそうとしてもむだだってことだ」

ウィローはにっこり笑って、お行儀《ぎょうぎ》よくうなずいた。

「わたしの名前はウィローです。あなたは？」

「おまえの知ったこっちゃない。だが、知りたければ教えてやる。ノーマンだ」

「お目にかかれてうれしいです、ノーマン」父さんはふたたび握手《あくしゅ》の手をさしのべていった。「わたしはアラン。こちらはジョシュです」

ノーマンは父さんと握手《あくしゅ》しなかった。でも、あごの真っ白な無精髭《ぶしょうひげ》をなでながら、目を細めて父さんを見ている。

「ちょっと待てよ。おまえがだれだか知ってるぞ」

ぼくは説明しようとした父さんの手をひっぱった。
「父さん、いこう。遅刻《ちこく》しちゃうよ」

＊　＊　＊

ぼくは目をつぶって校庭の雑音《ざつおん》に耳をかたむけた。赤ん坊《ぼう》たちの泣き声。保育士《ほいくし》たちのおしゃべり。学期の中休みの悪夢《あくむ》から解放《かいほう》されてほっとする疲《つか》れ切った親の声。二百人ほどの生徒たちが交《か》わし合う、タチの悪いジョーク。ハイタッチ。オンラインのバトルゲームの話。下品な歌。インスタグラムの話題。すくなくとも八種のトレーディングカードの話。そして、おそらくは二、三のバイキンの話題。

「ぼくは心おだやかでリラックスしてる。ぼくは心おだやかでリラックスしてる。ぼくは心おだやかでリラックスしてる」ぼくは頭のなかでくり返した。コリンズ先生が役に立つからと教えてくれた方法だ。

どうやら効《き》き目はあったようだ。ウィローが「新しい友だち」とフィールドアスレチックへ遊びにいってしまったときにも、気にならなかった。ただ、つぎになにが起こるのか、わかっていたらいいのにと思う。ベルが鳴る？　それともホイッスル？　先生たちがでてきて、クラスごとに教室へつれていく？　それとも、セント・アンドリューズとおなじで、九時五分前までに各自教室にいく？

「あのお年寄《としよ》りは、たぶんさびしいんだろうな」父さんが思い出したようにいった。

「ぼくは心おだやかでリラックスしてる。ぼくは心おだやかで……。えっ、なんだって？」

「いや、あのポテトチップスの袋《ふくろ》のおじいさんだよ。きっとさびしいんだよ」

父さんはくるくると変顔をしてみせた。ぼくの半分は父さんに家に帰ってほしがっていて、のこりの半分はいつか見た映画《えいが》みたいに、父さんと中身がいれかわって、六年生ののこりの学期を代わりにやってほしいと思っていた。ちょっとがんばれば、父さんなら全国統一《とういつ》テストもうまくのり切ってくれるだろう。ぼくは一階のトイレを修理《しゅうり》する。

さいわい、ぼくには選択肢《せんたくし》なんかない。

「もしかして、ジョシュ？」かっこいいメガネをかけた男の子がいった。

「うん」

その子は、テニスボールでリフティングをやってる子たちの方をチラッと見ていった。

「ぼくはイーサン。ライト先生からきみのめんどうを見るようにいわれてる」

「それはよかった」父さんが握手《あくしゅ》の手をさしのべた。「やあ、イーサン。ぼくはアル、ジョシュの父親だ」

イーサンは父さんの手からゆっくりあとずさりした。まるで、父さんの手が毒蛇《どくへび》でもあるかのように。

「いこう、ジョシュ。そのリュックサック、クールだね」

「いってらっしゃい」父さんがいった。

イーサンは校庭を横切って、正面玄関《げんかん》の方へ進んだ。

「放課後にな、ジョシュ。よい一日を！」父さんが大声でいった。

「その子だれ？　イーサン」正面玄関《げんかん》のステップにいた女の子がいった。

「この子はジョシュ」イーサンはドアがあくのを待って、ぼくを先にいかせてからいった。「でも、友だちじゃないから。ジョシュは転校生で、先生にたのまれてめんどうをみてるだけ」

5

どうやら、学校というのは、どこでもおなじにおいがするらしい。それに、体育用のジャージの色がグリーンではなくブルーなのをべつにすれば、クラス委員や、今月のスターの写真は、セント・アンドリューズのときと見分けがつかないほどそっくりだ。

「スマホはここにおいておかなくちゃならない」イーサンがいった。「放課後ここで回収《かいしゅう》する」

母さんは先週末にぼく用のスマホを買ってくれた。それをポケットからとりだして、事務室《じむしつ》のカウンターにおいた。

「いいスマホじゃん」とイーサン。「ぼくのは古いやつなんだ」

六年の教室は二階のクローク・ルームの先にあった。ダウンジャケットやリュックサックはクローク・ルームにおいた。教室の壁《かべ》には、第二次世界大戦当時のプロパガンダ・ポスターがべたべた貼《は》ってある。ぼくはなるべく「心おだやかに」なにげなくふるまおうとしたけれど、左の目玉は、イーサンがドアをおしあけたときにひらひら動きだしたそのポスターに、吸《す》い寄《よ》せられる。

「つれてきました、先生」イーサンがいった。「いわれた通り、持ち物のおき場所も教えました」

髪《かみ》を何色にも染《そ》め分けたその女の人は、まともな先生というよりは、ウィローのお気に入りのテレビ番組の司会者のようだ。それでも、すくなくとも声は親しげだ。

「ようこそ、ジョシュ」

「ありがとうございます」

先生はノートパソコンになにやら打ちこんだ。電子黒板に算数の問題がいくつかと、オ・ア・シ・スという標語がでた。

「わたしはライトです。でもそれはもう知ってるわね。先に出席をとってからみんなに紹介《しょうかい》するのでいい？」

「はい」オアシスってなんの頭文字《かしら》からとった標語だったっけ？　と必死に思い出そうとしていた。

イーサンはとっくに男子のグループにまぎれこんで、窓際《まどぎわ》の席でほかの子たちと水がはいったペットボトルをふりまわしてこづき合っている。イーサンはぼくの席を教えてくれないかな。

「いそいで、ミア」ライト先生が大きな声をだした。「あなたもよ、ハリー。きょうはとってもてごわい比率《ひりつ》の問題を用意してきたからね」

クラスのほとんどがうめき声をあげた。

「だから、すぐにはじめないと」

何人かの子は自分の席につくときに、ぼくに微笑《ほほえ》みかけてくれた。カーリーヘアの女の子は「ハイ」といってくれた。でも、ほとんどの子は教室の前に立って、足のふるえをとめようと必死な転校生には気づきもしないようだ。

「さあ、きょうはなにで出席をとる？」ライト先生は出席簿《ぼ》を手にとっていった。「アイディアのある人？」

「６Ｗのクラスでいちばん脇《わき》の下がくさいと思うやつの名前をいうってのは？」うしろの方から声がした。

「好きなフルーツか野菜は？」ほかの子がいう。

「じゃあ、フルーツか野菜でいきましょう」とライト先生。「それからいっとくけど、あなたのはおもしろくないわよ、サンメイ」

実際《じっさい》に出席をとりはじめるまで、いったいなんの話をしているのか、さっぱりわからなかった。

「クロエ？」

「バナナ！」

「ロクサーナ？」

「パッションフルーツ！」

「オリバー？」

「フルーツも野菜も好きじゃないから。イースターエッグじゃだめ？」

「ノア？」

「カブ！」

「ちょっと信じられないな、ノア。つぎミア？」

「プラム！」

どうしてなのか、ぼくの頭は真っ白になった。もし、ぼくとウィローが野菜とフルーツの名前をあまり知らないといったら、母さんはきっと五時間もの講義《こうぎ》をするだろう。でも、ぼくが思いつくフルーツはオレンジだけだった。ありがたいことに、出席をとり終えたライト先生は、ぼくにむかって笑顔《えがお》を見せながら「そして、もちろんジョシュも出席ね」といっただけだった。

「ジョシュってだれだ？」フルーツがきらいだといった子がいった。

「きいてくれてうれしいわ」教室の前に立つライト先生は、ぼくにむかってそばにくるようにうなずいて合図した。「なぜうれしいかっていうと、６Ｗにピカピカの新メンバーがやってきたことを、みんなに伝えられるからです。こちらがジョシュ。それとも、ジョシュアの方がいい？」

「ジョシュでおねがいします」

「それじゃあ、こちらがジョシュ。みんなあたたかく迎《むか》えましょう」

何人かが拍手《はくしゅ》をして、何人かが「ハイ、ジョシュ」と声をかけた。でも、のこりはただジロジロ見ているだけ。

「自己紹介《じこしょうかい》してもらおうかな」ライト先生がいった。


やだ、やだ、やだ、やだ！


「はい……ありがとうございます」先にいっておいてほしかったよ。「えっと、あの、ぼくの名前はジョシュです」

「もうきいたって」窓際《まどぎわ》の席の子がいった。

ライト先生はとがめるようにその子を見た。「ありがとう、ノア。ジョシュのじゃまはしないでね」

「サッカーゲームが好きです」

何人かがうれしそうに声をあげた。

「母さんの仕事の都合でブライトンに引っ越《こ》してきました。母さんは新任《しんにん》の保健所長《ほけんじょちょう》です」

これには反応《はんのう》なし。

「えっと……それから、あの、ぼくは……」ほかになにか「好きなこと」がないか必死で考えていると、体じゅうから汗《あせ》がふきだして、あちこちでミニオリンピックをはじめた。「あのー、えっと……そうだ、好きなフルーツはオレンジです」

みんなこれはジョークだと思ったようだ。

ライト先生さえもだ。

「ありがとう、ジョシュ。教えてくれてうれしいわ！　それでは、席はルビーのとなりね」

カーリーヘアの女の子がユニコーン柄《がら》のペンケースをふっている。

「あの席にすわってちょうだい」とライト先生。

ぼくはその席にむかって歩いた。どうか休み時間までに、みんながフルーツのことは忘《わす》れてくれますようにと祈《いの》りながら。

「ハイ、ジョシュ」ルビーがにっこり微笑《ほほえ》む。「ごめんね、オレンジは持ってないんだ！」

それが目にはいったのはそのときだった。それは、ぼくの目の前の席の机《つくえ》の真ん中にある。高さは三十センチぐらい。手も足もなく、ピカピカの白いボディにピカピカの白い頭がのっている。目がふたつついていて、頭のてっぺんにはブルーのライト。見た目はぜんぜんちがうけれど、足がトイレットペーパーの芯《しん》で、目は厚手《あつで》の布《ぬの》でできてるパニックパックンをついつい思い出してしまう。

父さんがいつもいっている、「部屋のなかにゾウがいる」っていうのは、このことだろうか？　これについて、だれもなにもいわないのが信じられない。

「あれは、なに？」ぼくはささやいた。

「ああ、あれね」ルビーは世界でいちばん自然なものであるかのようにいった。「あれはチャーリー」

6

「ああ、そういえば」ライト先生はぼくの席に近づきながら、頭のてっぺんのブルーのライトが点灯したロボットにむかって、小さく手をふった。「チャーリーの紹介《しょうかい》がまだだったわね、ジョシュ」

「はい、まだです」

ライト先生はひざをついて、目の高さをロボットに合わせた。

「ハイ、チャーリー、こんなに早くログインするとは思ってなかった。きょうきたばかりの新しいメンバーを紹介《しょうかい》するわね。こちらジョシュ」

ロボットは目をまたたきもしない。

「そして、ジョシュ、こちらはチャーリー。あいさつしない？」

どっきりカメラかなんかで、からかわれていて、いまにもロッカーから仕掛《しか》け人がとびだしてくるんじゃないかと思った。それでも、お行儀《ぎょうぎ》よく微笑《ほほえ》んでつぶやいた。

「ハロー、チャーリー」

「残念ながら、チャーリーは学校にはこられないの」

「ああ、はい」ぼくはひそかに、なんて運のいい子なんだと思いながらいった。「それは、どうして？」

「それはいえないの、ジョシュ。でも、これはいいニュースなんだけど、チャーリーは『バーチャル』で学校に通ってるんだ。このロボットを自宅《じたく》のタブレットかパソコンで操作《そうさ》することでね」

「はい、わかりました」ほんとうはさっぱりわからない。

「それにこのチビちゃんは、科学技術的《ぎじゅつてき》にいえば、『遠距離《えんきょり》学習アバター』っていうんだけど、この教室で、チャーリーの目や耳の代わりになって、声もだせるの。分身ロボットってことね。てっぺんのライトがチカチカしているときは『質問《しつもん》があります』っていう意味で、目には四種類の表情《ひょうじょう》のモードがある。『楽しい』『悲しい』『とまどってる』『ふつう』ね」

「はい」ぼくの目にはそんなにたくさんの表情《ひょうじょう》があるだろうかと思った。「頭についてるこの青いライトはどんな意味なんですか？」

「それはね、ちゃんと見て、きいてるけど、いまはやりとりはしたくない、っていう意味。それでもぜんぜんかまわないの」ライト先生はロボットに微笑《ほほえ》みかけ、くるっとクラスのみんなに顔をむけた。

「さあ、みんな、チョウチョウとカエルの比率《ひりつ》をやりたい人は？」

ぼくはルビーを見た。ルビーは円グラフにかかりっきりだ。

「ロボットといっしょに授業《じゅぎょう》を受けるなんてはじめてだ。すごくない？」

「そうでもないよ」ルビーはため息をついた。「チャーリーはクリスマス以降《いこう》、たったの一回も発言してないの」

＊＊＊

のこりの算数の時間、ぼくはチャーリーが長い沈黙《ちんもく》をやぶるんじゃないかとひそかに期待した。

「家族への手紙」を書きはじめるころには、それよりもっと心配しなくちゃいけないことがあらわれた（ちなみに「家族への手紙」の内容《ないよう》はセント・アンドリューズのときとまったくおなじで、第二次世界大戦中に田舎《いなか》に疎開《そかい》しているつもりになって、家族へ書く手紙だ。母さんはきっと、ぼくの疎開《そかい》コスチュームを捨《す》ててないはずだ）。

「休み時間のあと、何人かに発表してもらおうと思います、いいですね？」ライト先生がいった。

「そうだ、ジョシュを校庭につれていってあげて、イーサン」

でも、イーサンは廊下《ろうか》のずっと先にまでいってしまっていた。

ライト先生は首をふりふりいった。「まあ、いいか。どっちにしても、すこし話したいことがあったから」

「話って？」

「心配するようなことじゃないの。ただ、ジョシュの前の学校のコリンズ先生とちょっと話したものだから。そういえば、コリンズ先生はよろしくっていってた」

なんだかいやな予感がする。「はい」

ライト先生は髪《かみ》のグリーンの部分を人差し指にまきつけながらいった。

「コリンズ先生によると、ジョシュは去年、ずいぶんたいへんだったみたいね。でもコリンズ先生は、ここできっとうまくやれると思うっておっしゃってた」

ほんとうにそうならいいんだけど。「はい、ありがとうございます」

ライト先生は髪《かみ》の紫《むらさき》の部分に手をのばした。

「それで、あなたがすこしばかり、なんていうか、心配性《しょう》だってきいたの。それで、わたしがいいたいのは、もしあなたになにか話したいことがあれば、どんなことでもよろこんできくわよってことなの」

「ありがとうございます」

今度はピンクの部分をいじる。

「それから、休み時間にもし『安全地帯』が必要なら、みんなと外にでないで、教室にのこっててもいいから」

たしかに、校庭からきこえてくるさわがしい声に、ぼくの髪《かみ》は逆立《さかだ》ちはじめていた。

「ありがとうございます」

「きっとだいじょうぶだから」ライト先生がいう。「放課後クラブのどれかに、参加してみるのもいいんじゃないかな。なにか気にいるものが見つかると思う。プログラミング・クラブやウクレレ・クラブ、美術《びじゅつ》やサッカーもあるわ。それに、わたしが受け持ってる演劇《えんげき》クラブには大歓迎《だいかんげい》よ。お父さんは役者さんですもんね、どう？」

やだ、やだやだやだ！

「うん、はい、ありがとうございます。ちょっと考えてみます」

「そうして」ライト先生は算数の教科書を集めながらいった。「でも、これ以上、ひきとめない方がいいわね。休み時間はちょっとでもむだにしたくないでしょうから」

最初の休み時間は、ぼくがいちばんおそれていたものだ。ルールのわからない新しいゲームや、まったく中身のわからない会話、二百人もの知らない子たち。たぶん、ウィローをさがして、だいじょうぶかどうか確認《かくにん》するのがいいかもしれない。

「はい……ありがとうございます。校庭にいってきます」

7

ウィローは新しい三年生の友だちと、ダンスの振《ふ》り付けをしていた。ウィローはぼくに手をふり、友だちに「お兄ちゃんだよ」といっている。でも、ぼくがそばにいるのをいやがっているのは見え見えだ。そこでぼくはイーサンをさがすことにした。

ピクニックテーブルのまわりで、バトルゲームの武器《ぶき》についてわいわいやっている連中のなかにはいない。

「それなら、ぼくの伝説のミニガンがいいんじゃないか？」

「まさか。ロケットランチャーはどう？」

「バカいってんじゃないよ。あれはリロードに五秒もかかるんだぞ」

イーサンは「使用できません」という貼《は》り紙のある水飲み場のまわりに立っている六年生のグループのなかにもいなかった。

ぼくは生徒たちや湯気のたつマグカップを持った先生のあいだを、スラロームするように校庭を横切った。いかにも自信ありげに笑顔《えがお》をふりまいているけれど、オリンピックの百メートル走決勝のスタートラインに立った、イギリス一のろまなカタツムリぐらいの自信しか持っていなかった。しかも、かくれる殻《から》もしょっていない。

そんなわけで、クラッカーの袋《ふくろ》を手に、校庭の壁《かべ》に寄《よ》りかかって立っているゴールキーパーのイーサンを見つけたときには、金メダルをとったようにうれしかった。ぼくはほかのプレーヤーをよけながら、さりげなくイーサンに近寄《ちかよ》った。そして、さもおどろいたようにいった。

「あれ、イーサンじゃない。スコアは?」

「十一対七で負けてる」

「そっか」両手を使ったらもうすこしセーブできるんじゃない?　とはけっしていわないことにした。

「プレーヤーは足りてる?」

「さあね。なんで?　やりたい?」

あまり、熱がこもらないように答えた。「うん、まあね」

「なあ、みんな」イーサンが声をあげた。「ちょっとストップ」

ゴールを決めたばかりの女の子はムッとしている。「なんなのよ?」

イーサンはボールをすくいあげた。「もしよかったら……えっと、名前なんだっけ？」

「ジョシュ」

「ああ、そうそう。ジョシュもいれてやっていい？」

だれもよろこんではいないけれど、うなずいたり、「いいよ」とか「はいれよ」とかいった。

いつものミッドフィルダーかフォワードかで迷《まよ》っていると、ゴールにぶらさがっていたカブが好きだとふざけていた子が、走ってもどってきた。

「おまえはいらないよ、悪く思うな」そういうと、イーサンにむかっていやらしい笑顔《えがお》を見せた。

「どっちみち、こいつはへたくそだぜ」

「意地悪ね、ノア」女の子のひとりがいった。「なんで、そんなことわかるの？」

ノアがさらににやけた。「あのリュックサック、見ただろ？　スパイダーマンだぞ！　五歳《さい》のガキか？」

笑った子と笑わなかった子の比率《ひりつ》は七対三。

「あと二分しかないぞ」むこうがわのキーパーが叫《さけ》んだ。「ぐずぐずすんなよ！」

「もういいよ」ぼくはなんとかさりげなくきこえるようにいった。「すごくやりたいわけじゃないし」

「悪いな」イーサンはボールを力いっぱいけっていった。「たぶんあしたなら、な？」

ぼくはどこへいくともなく、ノロノロ歩きはじめた。ミニバスケのコートの真ん中あたりまできたとき、どこへいくべきか急にわかって、事務室《じむしつ》がある玄関《げんかん》ホールにむかって走りはじめた。

「ハイ、ジョシュ」玄関《げんかん》前のステップをかけあがり、ドアをあけたぼくにルビーがいった。「調子はどう……」

その声を無視《むし》して廊下《ろうか》を走りながら、ぼくが考えていたのはただひとつ。どこか、ちょっとのあいだ、ひとりになれる場所を見つけなくちゃ。「心おだやかに前へ進め」よりも、いまは「たたきのめされて、もう降参《こうさん》」という方がふさわしい標語に思える。

すくなくとも、教室はあたたかくて、ぼくを笑うものはだれもいない。もし、ほんの数分でも息をついて、コリンズ先生から教わった「楽しいことを考える」でもやれれば、たぶんだいじょうぶになる。

ぼくは自分の席にくずれるようにすわると、おでこを机《つくえ》にのせて目をつぶった。でも、数秒もたたないうちに、だれかがささやく声がした。

「あのさ、ジョシュ?」

ぼくはとびあがるぐらいびっくりした。

「だれ? どこにいるんだ?」ぼくはだれもいない教室を見まわした。だれかが校庭から追いかけてきたんじゃなければいいんだけど。「いったい、なんなんだ?」

その声はすごく小さいので、ぼくは耳をそばだてた。

「だいじょうぶかなって、心配だったから」

やっとだれだかわかった。

頭の上のライトがブルーから白にかわった。それと、目は「ふつう」モードか？　でも、ひとつだけたしかなことがある。ぼくに話しかけたのがだれなのか。

それは、このロボットだ！

8

「なんで？」おなかにスピーカーがついた、ピカピカの白い物体にむかって話すのは、なんだか変な気分だ。「ずっと、ぼくを見てたってこと？」

ロボットはぼくの方に顔をむけて、その黄色いふつうモードの目でぼくを見た。

「きみが……なんていうか、つらそうだったから。なにかあったの、ジョシュ？」

「なんで、ぼくの名前を知ってるんだ？」

「ライト先生がクラスのみんなに紹介《しょうかい》してた、でしょ？」

「ああ、そうだった」

見知らぬ人と話すのは苦手だ。相手がロボットならなおさらだ。そのせいか、なかなかことばがでてこない。

「こちらはチャーリー」ロボットは頭をゆっくりと上にむけた。

「うん、知ってる。ライト先生が教えてくれた、でしょ？」

チャーリーの声はささやき声みたいに小さいけど、かすかに笑い声がきこえた。まちがいない。

「質問《しつもん》していいかな？」五分前よりだいぶ気分がよくなって、こちらからいった。

「質問《しつもん》によるけど」

「ルビーがいってたんだけど、きみはクリスマス以降《いこう》、ひとことも話してないんだって？　だとしたら、どうして、ぼくには話しかけたの？」

「うーん、それは……転校生がどんな気持ちなのか、まだ覚えてるから、かな。それに、助けてあげられるかもしれないって思ったから」

怒《いか》りがこみあげてきた。ロボットに同情《どうじょう》されるなんて、最悪だ。

「なんの話だよ。助けなんかいらない」

「そっか。だけど、ここからだとなんでも見えるから。ほら！」

ロボットは頭をぐるっと三百六十度動かして、ゆっくりうなずいた。機械仕掛《じか》けのカメみたいだ。

「す、すごいな。でも、きみがなんの話をしてるのかわからない」

「あの、きみにアドバイスできるんじゃないかと思うんだけど」ロボットがいった。

「アドバイスって、なんの？」

「ノアのあつかい方、とか。それと、ランチに選ぶべきじゃないものとか」

「ぼくは、べつに……」

「あら、ふたりでおしゃべりしてたのね」準備室《じゅんびしつ》から画材の木炭の箱を持ったライト先生がでてきていった。「また声がきけて、すごくうれしいわ、チャーリー」

チャーリーの頭の上のライトがパッとブルーに変わった。

「わたしがいるからって、話をやめなくていいのに。わたしはただ理科の教科書を配りにきただけだから」

ほかの子たちが校庭からもどってきた。みんな、ぼくのリュックのことは忘《わす》れてくれていたらいいのにと思った。

ライト先生がパチンと指を鳴らして、ぼくにむかって宝《たから》くじでも当てたような笑顔《えがお》を見せた。

「ねえ、ジョシュ、すごくいいこと思いついたんだ」

「はあ」

「わたしね、チャーリーを全校集会につれていってくれる人をさがしてたの。それに、雨が降《ふ》っていない日に校庭につれだしたり、ランチのときに食堂《しょくどう》につれていってくれる人」

「はあ？」

ライト先生はうなずいた。

「これって、あなたたちふたりの両方にとっていいんじゃないかな。どう思う、ジョシュ？　チャーリーの相棒《あいぼう》になってくれない？」

ランチのときに話し相手がいるのは、たしかにいい。最初の休み時間に、ぼくと友だちになりたがっておしよせる子たちを必死でより分けなくちゃいけなかった、ってわけじゃないし。でも、ノアやほかの子たちはどう思うんだろう？　それを考えると、これが「いい思いつき」だとはぜんぜん思えない。

「やめておきます。ほかの人をさがしてください」

9

その日ののこりの時間はそんなに悪くなかった。ランチタイムはちょっとさびしかったけれど、レンズ豆とサツマイモのカレー、それにチョコレートとビーツのケーキはすごくおいしかった。ライト先生もすごくいい先生だということがわかった。ぼくが描《か》いたロンドン大空襲《だいくうしゅう》のときのセント・ポール大聖堂《だいせいどう》の木炭画をとても気に入ってくれたし、声を荒《あら》げたのは、ノアがイザベルの鼻の下に木炭でヒゲを描《か》こうとしたときだけだった。

そうはいっても、終業のベルが鳴って、先生がクローク・ルームからコートやなんかをとってくるようにいったときには、すごくうれしかった。

「それからみんな、忘《わす》れないでね。水曜日にコミュニティー・センターにいって、お年寄《としよ》りがパソコンの操作《そうさ》をするのを手伝いますからね。なので、オンライン承認書《しょうにんしょ》を忘《わす》れずに持ってきてね」

ぼくは事務室《じむしつ》まで走ってスマホを回収《かいしゅう》すると、いそいで玄関《げんかん》から外にでた。ノアにスパイダーマンについて悪口をいわれるすきをあたえたくなかった。ほっと息をついて校庭にでると、人ごみのなかにフワフワの帽子《ぼうし》をかぶった女の人とおしゃべりしている父さんが見えた。ウィローは横で新しい友だちにピョンピョンとウサギジャンプをして見せている。

「早く帰ろうよ」ぼくはボソボソとそういって、父さんにリュックサックを投げた。

父さんはナイスキャッチしてひょいと肩《かた》にかついだ。

「まあ、あわてるなって。いいニュースをききたくないか、ジョシュ？」

とにかく早く帰りたい。「なに、いいニュースって？」

ウィローはピョンピョンはねながら割《わ》りこんできた。

「ローラがね、うちにきて夕食を食べていくんだ。デイブに会いたいんだって。だよね、ローラ？」

「うん」

どこがいいニュースだ。地球温暖化《おんだんか》の新しい解決策《かいけつさく》じゃないし、サッカーゲームの新機能《しんきのう》「ダイブ・ボタン」の話でもない。でも、ウィローのためにうれしそうにいった。

「そっか、よかったね」

フワフワ帽子《ぼうし》の女の人がぼくに微笑《ほほえ》みかけ、おとなが子どもになにかを説明するときの声でいった。

「ハイ、ジョシュ。わたしはニッキ」

早く帰れそうにないのにがっかりして、たぶんぼくの「超《ちょう》お行儀《ぎょうぎ》いい子ども声」はヘンテコだったと思う。

「えっと、はい」

「ローラとイーサンのママよ。わたしたちね、ローラがおたくでウィローと遊んでるあいだ……」

「ウィローとデイブ!」ローラがいった。

「ええ、そうね、ウィローとデイブ。えっと、それで、そのあいだ、あなたはうちにきて、イーサンと遊んだらどうかって思ったんだ。夕食までいっしょにいていいのよ、ジョシュ」

「イーサンっておなじクラスの?」

「ああ、そうなんだ」と父さん。「転校初日に新しい友だちができるなんてクールだと思わないか?」

ぼくは知らない場所にいくのは好きじゃない。ぼくは父さんが「クール」ってことばを使うのが好きじゃない。それにぼくは、人の家で夕食なんてまっぴらごめんだ。でも、新しい友だちということばは、たったいまはすごくいいひびきだ。頭にブルーのランプがついていない友だちならなおさらだ。

そこでぼくは、思わず答えていた。

「うん、ありがとう。いきたいな」

「よかった」ニッキがいった。それから、ピクニックテーブル越《ご》しにちょっと目を細めた。「さて、あのふたりはどこにいったんだろう？」

「それでは、六時半にローラをおたくまで送り届《とど》けるということでいいですか？」父さんがいった。

「うちはすぐ近所なんですよ。住所をメールします」ニッキがいった。

父さんとニッキがメールアドレスの交換《こうかん》をしているあいだ、ぼくはさっきのニッキのことばをきいていないふりをした。

でも、きかないふりはうまくできない。だって、きいてしまったんだから。

いくら忘《わす》れようとしても、頭のなかで、何度も何度もくり返される。

さて、あのふたりはどこにいったんだろう？

さて、あのふたりはどこにいったんだろう？

さて、あの「ふたり」はどこにいったんだろう？

さて、あの『ふたり』はどこにいったんだろう？

さて、あの『ふたり』はどこにいったんだろう？

さて、あの『ふたり』はどこにいったんだろう？

最初はイーサンとぼくのことだと思っていた。だけど、もしイーサンと「あいつ」のことだったら？

真っ黒なリュックサックが空中をとんで足元に降《ふ》ってきたとき、ニッキは笑い声をあげた。とつぜん、わかってしまった。

「やっときた」ニッキは安心のため息をつき、そのリュックを拾いあげ、肩《かた》にかついだ。「捜索隊《そうさくたい》をだそうかと思ってたところよ」

ぼくは、「この状況《じょうきょう》」に参加したかったわけじゃない。千通りものトンマないいわけが頭をかけめぐった。でも、もういきたいといってしまった。取り消すには手おくれだ。

イーサンは心底おどろいているようだ。「こいつ、なんでここに？」

「ジョシュを家におまねきしたの」ニッキがにっこり微笑《ほほえ》む。「すてきでしょ？」

イーサンはうなずいた。でも、どこから見ても、うれしそうじゃない。

いっしょにきたもうひとりの子は、宝《たから》くじにでも当たったようにうれしそうだ。

「そいつは楽しくなりそうだな。で、ジョシュ、おまえのリュックは？」

「心配ご無用。ほらここにある」父さんがいった。「でも、きいてくれてありがとう。きみの名前はまだ知らないんだけど」

「こちらはノアよ」ニッキがいった。「ふたりは小さいころからずっとなかよしなの。ね？」

ノアは父さんを見つめるのに気をとられて、返事もしない。「ジョシュのオヤジさん？」

「そう、正解《せいかい》」

「おれ、あんたのこと、知ってるよね？」

「人ちがいだよ」ぼくは父さんを手で追いはらうようにしながらいった。「ぼくたちは引っ越《こ》してきたばっかりなんだから」

ありがたいことに、父さんが口をひらくまえに、ウィローが割《わ》りこんできた。

「早く帰ろうよ。デイブにえさをあげなくちゃ」

「そうね」ニッキがいった。「男の子たちはきっと腹《はら》ペコだろうし」

「じゃあ、またあとでなジョシュ」父さんはそういいながら、ローラとウィローに「怪獣顔《かいじゅうがお》」をしてみせた。ふたりはくすくす笑っている。「楽しんでこいよ」

ぼくの声は、のどのおくのどこかにつまってしまったみたいで、なかなかでてこなかった。「ありがとう、父さん」

ノアはイーサンを正面の門のところにひきよせて、リュックのなかを見せはじめた。

「ほら、このゴミ、ためておいたんだぞ」ノアがささやく。「さあ、やろうぜ！」

「おーい、ふたりとも」ニッキが声をあげた。「ジョシュを待ってあげて」

でもおそかった。ふたりはもう、ずいぶん先までいってしまった。

ニッキはぼくにむけて、同情《どうじょう》するような笑顔《えがお》を見せた。ほんとうなら、それを見て、気をとり直さなくちゃいけないんだろうけど、もっと落ちこんだ。

「ごめんなさいね、ジョシュ。ふたりはときどき、ちょっと興奮《こうふん》しすぎちゃうことがあるの。でも、心配いらないから。あなたたち、ウマが合うと思う」

10

その五分後になっても、「ウマが合う」ということばの意味を考えていた。たぶん、「ウマくいく」ってことなんだろうけど。

イーサンのお母さんは、まだぼくと会話をしようとしている。

「お父さんは俳優《はいゆう》さんだってきいたんだけど、それってすごくクールよね」

「うーん、まあ」

「ウォームディーン小学校はどう？　初日は楽しめた？」

ぼくの家までは角をふたつまがるだけだ。いま走りはじめたら、ニッキが映画《えいが》の話題を持ちだす前に、自分の部屋にかけこむことができるだろう。

「ええ、楽しめました。ありがとう」

「ねえ、ジョシュ、あなたは……」

ありがたいことに、ふたつめの質問《しつもん》は、不気味なうなり声にじゃまされた。そのうなり声はすぐに、怒《いか》りの声に変わった。

「このーーーー！」

その声がどこからきこえるのか、わかった。ゴツゴツした杖《つえ》を握《にぎ》ったあのおじいさんが、前庭の芝《しば》生《ふ》の上で体をふたつに折ってかがみこんでいる。

おじいさんはぼくたちを見た瞬間《しゅんかん》、腰《こし》をのばして、ひょこひょこと生け垣《がき》に近づいてきた。

「おい、あんた。そこの若《わか》い女だ。恥《はじ》を知るがいい」

「ごめんなさい、ノーマン」ニッキがとまどった表情《ひょうじょう》でいった。「いったい、なんのことですか？」

「おまえたちは、どうして自分の子どもを見張《みは》っておけないんだ？　あいつらがなにをしたか、見なかったのか？」

ニッキはくるっと目玉を動かしてぼくを見た。

「だれのことだかわかりませんが、わたしたちの知らない人だと思いますよ」

ノアとイーサンが道路のむこうの街灯のかげにしゃがんでいた。ノーマンがすこしばかり耳が遠くてさいわいだ。そうじゃなきゃ、ふたりの笑い声がきこえただろう。

「このゴミを見ろ！」ノーマンがどなる。杖《つえ》の先でつき刺《さ》そうとしている。「キャンディの包み紙、コーラの空き缶《かん》、ポテトチップスの袋《ふくろ》。おまえらはほんとうに恥知《はじし》らずだな」

「お手伝いします」ニッキはそういって、門をおしあけた。キーキー音がする。「すぐすみますから」

「あんたの助けはいらん」ノーマンがぴしゃりといいながら、キットカットの包み紙を拾いあげようと身をかがめる。「さっさとうちの庭からでていかないと、警察《けいさつ》を呼《よ》ぶぞ」

キットカットの包み紙が風でくるくる舞《ま》うと、街灯のかげの笑い声が大きくなった。

「それじゃあ、失礼しますね」ニッキは門からゆっくりとあとずさりしてきた。「でも、お庭のことでなにかお手伝いできることがあれば、うちの子たちがよろこんでやると思います」

それをきいたノーマンは笑いだした。でも、その笑いはのどにからんだ咳《せき》に変わった。そして、ぼくに杖《つえ》の先をむけた。

「虫も殺《ころ》さないような顔をして、そこにつっ立ってても、おまえにはだまされんぞ。目をはなさんからな。今回はうまくやったとしても、つぎはそうはいかんぞ」

うまくやったどころか、宝《たから》くじに当たったのとは正反対の気分だ（一年生のスプーンレースでビリになった気分？）。それでも、ここに立ってノーマンにどなられている方が、ノアとイーサンといっしょにこのあと二時間も「楽しむ」より、ずっとましだ。

＊　＊　＊

「暗くなる前に、庭で遊んできたら？」ニッキは冷凍庫《れいとうこ》からピザをとりだしながらいった。

「そうしなくちゃだめ？」とイーサン。

「ジョシュにツリーハウスを見せてあげれば？」

「ジョシュはツリーハウスなんか見たくないってさ、だろ？」ノアがいった。

「ツリーハウスなんかガキのもんだよ、母さん」イーサンがいった。

ノアはぼくにむかって「親しげな」笑顔《えがお》を見せた。「それとも見たかったか、ジョシュ？」

「いや、いいよ」ぼくはいった。とつぜん、オレンジジュースに苦手な粒々《つぶつぶ》がはいっているのに気づいた。「なにかほかのことをしよう」

「そうすれば」ニッキがいう。「おなかがへってるなら、ポテトチップスを持っていって。ピザが焼けるまで一時間ぐらいかかるから」

ぼくはバカじゃない。こんなときに、食事のあいだのおやつはよくないなんて、母さんの口癖《くちぐせ》をいいだしたりはしない。それでぼくは、ソルト・アンド・ビネガー味のポテトチップスを持って、イーサンとノアにつづいて庭にでた。

「ポジションはどこ？」イーサンがボールをネットにけりこみながらきいた。

「ミッドフィルダー。フォワードだったこともあるよ」

「おまえはキーパーやれよ」ノアがいった。「おれとイーサンでPK合戦やるから。先に五点取った方が勝ちな」

ぼくは小さな白いゴールにふるえながら立った。ふたりは近い距離《きょり》から思いっきりけってくる。なんとか、二、三回はいいセーブをした。イーサンが思わず「ナイス・セーブ」といったぐらいだ。でも、自分がける番が待ち遠しかった。

ノアが自分で実況中継《じっきょうちゅうけい》をしながら迫《せま》ってきた。

「こいつはすごいぞ、天才少年の登場だ。ディフェンダーは股《また》を抜《ぬ》かれて置き去りだ。のこるはキーパーだけ。シュート！」

ぼくは泥《どろ》だらけの芝生《しばふ》で思いっきりダイブした。でも、わざとシュートとはまったく逆《ぎゃく》の方向にだ。

「ゴーーール！」ノアが叫《さけ》んだ。それからたっぷり二分間、ゴールセレブレーションをやる。まずは、ひざですべって、最後はジャージのすそをひっぱりあげて頭をおおい、ロボットダンスだ。

イーサンは微笑《ほほえ》んでいるが、ちょっとうそくさい。

「よし、じゃあつぎはノアがキーパーだ。ぼくとジョシュで対決する」

「もうあきた」ノアはひざの芝生《しばふ》を手で払《はら》いながらいった。「おまえの部屋にいこうぜ」

＊　＊　＊

イーサンの部屋にはぼくの部屋にあるのとおなじポスターが何枚《まい》か貼《は》ってあった。それに、空気の抜《ぬ》けたサッカーボールを椅子《いす》がわりにしているのは気に入った。

「X-MEN《エックスメン》のなかで好きなのは？」答えを確信《かくしん》しながらぼくはたずねた。

イーサンはゲーム機を立ちあげながら答えた。「ウルヴァリン」

「ぼくもだよ！」ぼくはそれが最大級の偶然《ぐうぜん》かのように大げさにいった。母さんがバルセロナの市場で小学校時代の親友にばったり会ったときみたいに。

「まじ？」ノアがいった。「スパイダーマンじゃないのかよ？」

「えっと、それは」

「わりぃわりぃ」ノアはコントローラーをつかんでいった。「おまえが好きなのはオレンジだったよな」

「どのゲームにする？」イーサンがいった。「サッカーゲーム？　バトルゲーム？」

ぼくがサッカーゲームのサをいうより先に、ノアが勢《いきお》いこんで「バトルゲーム」といった。そして、いやらしい笑顔《えがお》をぼくにむける。「おまえのランクは？」

母さんはこのゲームは十三歳《さい》になるまでやっちゃだめだというので、ぼくはまだ二十回ぐらいしかやったことがなかった。「四かな。たぶん」

「おれとイーサンは七。おれたちはスプリットスクリーンでやるから、おまえは見てろ」

手のひらにべったり汗《あせ》がでてきた。それに、音がワンワンひびいてきこえる。なにかいい返したいのに、フルーツやスーパーヒーローのジョークで倍返しされるかもしれない。さらに、そのジョークでイーサンが笑ったら？

「うん、わかった」そう答えた。

最初は、がんばっておもしろがっているふりをした。ノアがアサルトライフルを手に入れたときには、「いいぞ！」と叫《さけ》んだし、ふたりの「おーーっと！」や「あーーーー！」「よっしゃーーーー！」にも声を合わせた。

嵐《あらし》が去って、ノアがイーサンにむかって「頭を撃《う》てよマヌケ」と百万回目にどなったときには、ぼくは目をとじて、コリンズ先生が教えてくれたことをやってみた。それは、自分が無人島にいるんだと想像《そうぞう》することだ（ただし、百人もの人間がおたがいに殺《ころ》し合うような島じゃなくて）。

でも、なんの効果《こうか》もなかった。よし、プランBだ。

「ねえ、イーサン、トイレはどこ？」そうたずねた。

「廊下《ろうか》のつきあたり」イーサンは屋根にジャンプして、迷彩服《めいさいふく》を着た敵《てき》をドラムガンで吹《ふ》き飛ばしながらいった。

他人の家のトイレにとじこめられるという悪夢《あくむ》は何度も見たことがあるけれど、ぼくはトイレにかけこんでロックした。二種類の芳香剤《ほうこうざい》のにおいがする。

さて、つぎはどうする？　トイレに二時間すわっているわけにはいかない。でも、見慣《みな》れたグリーンのボトルがおいてあるのを見た瞬間《しゅんかん》、だれに電話するべきかはっきりわかった。そのボトルには「トイレにうごめくモンスターどもの九九・九パーセントは即消滅《そくしょうめつ》！」というラベルが。

一回目は電話にはでてくれなくて、ふざけた着信メッセージがきこえた。

「こちらパターソン。アラン・パターソンです。アルと呼《よ》んでくれ」

二回目はありがたいことに、父さんがでた。

「どうしたジョシュ？　なにかあったか？」

「うん、ちょっと」

「いまどこだ？」

「トイレのなか」

父さんは庭にいるようだ。ローラとウィローがデイブにむかってキーキーいっているのがきこえる。

「下痢《げり》か？」

「そうじゃないんだ」

父さんは、だんだんイライラしてきたようだ。「デイブが逃《に》げたみたいだ。いかないと……」

「家に帰りたいんだ、父さん。迎《むか》えにきてくれないかな?」

父さんは一瞬《いっしゅん》だまった。「ほんとに?　だって、まだ着いたばかりじゃないか」

「うん、そうなんだけど……」

「じきに夕食だろ。ニッキはピザだっていってたぞ」

「おなかはすいてない」

「ウィローはどうするんだ?　ふたりとも楽しんでるのに」

のこることばはひとつだけ。ぼくの家にはおじいちゃんが考案したあいことばがある。家族のだれかがやっかいなトラブルにまきこまれたとき、ほかの家族に伝える秘密《ひみつ》の暗号だ。もちろん、おじいちゃんが誘拐《ゆうかい》されたなんてことは一度もない。でも、母さんは一度、職場《しょくば》のクリスマスパーティから抜《ぬ》けだすために使ったことがあったはず。とにかく、いまのぼくの状況《じょうきょう》が緊急事態《きんきゅうじたい》じゃないとしたら、いつが緊急事態《きんきゅうじたい》だっていうんだ。

「父さん、ごめん。どうしてもいいたいんだ……アバザバズー」

父さんは、歯のすきまからヒュッと息を吸《す》った。

「わかった。五分以内にいく。でも、ニッキにはなんていったらいいかな?」

「俳優《はいゆう》でしょ?　アドリブでなんとかしてよ」

＊＊＊

「申しわけないね、ニッキ」はまり役に抜擢《ばってき》されたときの父さんは、たしかに名優《めいゆう》だ。「エイミーが健康食のセミナー会場で車のキーをなくしてしまってね。スペアキーを届《とど》けにいかなくちゃならなくなったんだ」

「心配しないで」ニッキは答えた。「ジョシュとウィローは帰りに拾っていけばいい。ピザはたっぷりあるから」

「ヤッターー！」ウィローがよろこびの声をあげた。

父さんは、とつぜんセリフを忘《わす》れた俳優《はいゆう》みたいになった。

「いや、えっと……それは、ありがたい申し出だね、ニッキ。だけど、その……エイミーはすごく動転していて、子どもたちもつれてきてほしいっていうんだ。そうすれば、新しいオフィスも見せられるからって。だから今回は申しわけないけど」

「ええ、わかった」ニッキはとまどったように笑顔《えがお》を浮《う》かべた。「イーサン、ノア！　ジョシュにさよならをいって。残念だけど、帰るから」

階段《かいだん》からおりてきたイーサンは、残念とはほど遠い表情《ひょうじょう》だ。「バイ、ジョシュ」

ノアは父さんに会えて、すごくうれしそうだ。「ちょっと待てよ。わかったような気がする」

「それじゃね」ぼくはそういって、父さんを玄関《げんかん》からおしだした。「呼《よ》んでくれてありがとう」

ノアは遠ざかるぼくに手をふっている。いやみたっぷりの王様みたいに。

「バイバイ、ジョシュア。あした学校でな」

ウィロ―は父さんのボロ車のバックシートによじのぼると、むっつりとシートベルトをしてつぶやいた。

「ずるいよ」

でも、車が母さんのオフィスにむかっていないことに気づくと、ウィロ―の機嫌《きげん》はさらに悪くなった。

「母さんのところにいくっていったじゃない」

「悪いな、ウィロ―・ピロ―」父さんがいった。ギアチェンジをすると、おそろしげな摩擦音《まさつおん》がきこえた。「ジョシュのぐあいが悪いんだ。そうだよな?」

胃《い》のしこりはさらに大きくなっている。「そうなんだ」

父さんはバックミラーでぼくの表情《ひょうじょう》をうかがっている。

「悪かったな、ジョシュ。新しい友だちを作るいいチャンスだと思ったんだけどな。でも、こんなふうにむりにおしつけるべきじゃなかった。それで、なにがあったんだ?」

それについては話したくなかった。それで、ぼくはオレンジイエローの街灯をじっと見つめて、あしたはどうしようかと考えた。

＊　＊　＊

おやすみをいいにきた母さんは、がまんできなかった。

「それで、学校はどうだった？」ぼくのベッドサイドテーブルに、水がはいったコップをおいてたずねる。「新しい先生はすてきなんですって？」

ぼくはにっこり笑ってうなずいた。でも、頭のなかは、もっとずっと重要なことでいっぱいだ。

「新しいリュックサックを買ってもらえない？」

「いまのはどうしたの？　スパイダーマンは大好きでしょ？」

「母さん、おねがい。高いものじゃなくていいんだ。ただの黒くてシンプルなのがいい」

「ええ、わかった」疲《つか》れすぎていて、いいあらそいをする気分じゃないみたいだ。「今週末にでも買いにいきましょう」

あと四日もノアに笑われる？　そんなの、ごめんだ。

「水曜日より前にほしいんだけど。お年寄《としよ》りにパソコンを教えにいくんだ」

「それとどう関係するのか、よくわからないんだけど……」

「おねがい、母さん。今晩《こんばん》、アマゾンで注文してよ」

「ええ、わかった」母さんはため息をついた。「あとで、見てみるね」

それですこし、気分がよくなった。でもそれも、母さんがメガネをはずして、おだやかな「尋問《じんもん》」をはじめるまでだった。

「父さんからきいたわ。新しい友だちができたんだって？　転校初日に『およばれ』なんて、上々《じょうじょう》のすべりだしじゃない？」

「六年生にもなって、およばれなんてやめてよ。まるで五歳《さい》のガキンチョみたいだ」

「それで……なにがあったの？　父さんからは早く帰りたがったってきいたけど」

「なんでもない」母さんの目を見なくてすむように、コップの水をすすっていった。「ただ、気分がちょっと……」

母さんは毛布《もうふ》をひっぱりあげて、おでこにキスをした。

「初日に緊張《きんちょう》するのはあたりまえのことよ。わたしの健康食セミナーを聴《き》いとくべきだったわね！　きっと、心配しなくてだいじょうぶだから」

「うん」ぼくはそういって目をとじた。これでぼくの頭のなかにデカデカと浮《う》かぶ真っ黒な文字は見えないだろう。

またあれがはじまったらどうする？

11

コリンズ先生がいっていたように、こんなことが起こるんじゃないかと心配していることの九十九パーセントはけっして起こらない。これは正しいのかもしれない。というのも、つぎの日、最初の休み時間まで、ぼくはなにひとつ問題なくすごせたからだ。

登校して校庭に足を踏《ふ》み入れると、イーサンがわざわざ近づいてきた。お母さんが書いた台本を棒《ぼう》読《よ》みしているような感じではあったけれど、イーサンはぼくに話しかけてくれた。

「ハイ、ジョシュ。調子はどう？」

「うん、いいよ。ありがとう」

ニッキは父さんにおくさんの車のキーは見つかった？　と話している。父さんは最初、なんのことだかわかっていないようだったけれど、ありがたいことにウィローがちゃんと覚えていて、アドリブで対応《たいおう》した。

「キーはね、ずっと母さんのポケットのなかにはいってたの。おかしいよね。ヒーヒーヒー！」

いちばんありがたかったのは、ノアがぼくに気づきもしなかったってことだ。ノアは一瞬《いっしゅん》父さんを見つめたけれど、意味ありげな微笑《ほほえ》みを浮《う》かべて、ゆっくり玄関《げんかん》の方へ歩き去った。

出欠をとるときも問題なかった。きょうは好きなマンガのキャラクターをいうことになって、楽勝だった（『シンプソンズ』のミルハウス以外にだれがいる？）。

授業《じゅぎょう》もすごく楽しめた。五年生のときに、代数をすこしやったことがあったので、何回か手をあげたぐらいだ。ブルーのライトをつけて、机《つくえ》の上につっ立っているピカピカの白いロボットなんか、かまうひまもなかった。

「はい、みなさん」ライト先生がいった。「つぎの休み時間のあいだに考えておいてほしいんだけど、歴史上《れきし》いちばん重要な科学的発見ってなんだと思う？」

ノアはもう体半分ドアからでていた。

「教室からでていいっていった、ノア？」

「いや、いってません」

「じゃあ、なにをあわててるの？」

ノアの唇《くちびる》のはしが、にんまりあがった。「すっごく大事な報告《ほうこく》を思いついたもんだから」

ライト先生は染《そ》めたてのオレンジ色の髪《かみ》をさわりながらいった。「それなら、いまきかせてちょうだい」

ノアは頭をポリポリかいている。「えっと、忘《わす》れちゃったな。校庭にでたら思い出すかも！」

＊　＊　＊

きょうはサッカーができるんじゃないかと思っていた。でも、外にでると、イーサンもふくめた六年生のグループが、「使用できません」の表示《ひょうじ》のある水飲み場のまわりに集まっていた。

「ほら、見ろよ。やつがくるぞ」すぐにわかる声がそういった。「ミルハウスの登場だ」

だれも笑わなかったけれど、ノアはおもしろくてたまらないようだ。

「ほんとなの、ジョシュ？」ルビーがいった。

「ほんとって、なにが？」チーム分けはしていないのかな、と思いながらいった。

「ノアがね、ジョシュのお父さんはすごい有名人だっていうんだけど、それほんと？」

外はすごく寒かった。なのに、どうしてぼくは汗《あせ》ばんでるんだ？

「うん、すこしはそうかも」

「で、だれなのよ？」

「おれがいってやろうか？　それとも、おまえがいう？」とノア。

みんながいっせいに質問《しつもん》をしはじめた。母さんの誕生《たんじょう》パーティーのときにやったゲームみたいだ。おでこに本人にだけ見えない答えを書いた紙を貼《は》りつけて、質問《しつもん》でそれを当てるゲームだ。

「テレビにでてる？」

「アーセナルの選手とか？」

「ＹｏｕＴｕｂｅｒなんじゃね？」

「なにかの発明家？」

「ちがうちがう、もっともっとすごいよな？」ノアがいう。「ジョシュのオヤジさんはな……」

ノアはそこでドロドロドロと口でドラムロールをした。

「トイレット・モンスターだ！」

最初、みんなはとまどって静まり返っていた。

「だれだって？」イーサンがささやく。

「知ってるだろ、トイレット・モンスターだって」ノアがいう。

ノアがＣＭソングを歌いだした瞬間《しゅんかん》、みんなにもわかったようだ。

すぐに水飲み場のまわりにいたみんなが歌いはじめた。

モンスターを殺《ころ》せ、トイレット・モンスター
モンスターはイチコロだ
バクテリア・キラーをシュッシュッシュッ
モンスターはくたばった

父さんがいうには、その「バクテリア・キラー」のCM一回だけで、ロイヤル・シェークスピア・カンパニーでの一年分の出演料《しゅつえんりょう》を上回ったということだ。七時間もかけてグリーンのドロドロ顔メークをして、触手《しょくしゅ》はCGでつけたしている。それなのに、父さんを見て気づく人がしょっちゅういるというのは、おどろくべきことだ。父さん自身はすごく気に入っているんだけど、ぼくはときどき、歯《は》磨《みが》き粉《こ》のCMにでてくるようなふつうの父親ならよかったのに、と思ってしまう。いまがまさにそんな気分だ。

「ジョシュのお父さんは、ほんとうにトイレット・モンスターなの?」ルビーがいった。「クールじゃん」

ノアは食べていたエナジーバーをのどにつまらせかけた。「クールだって? どこがクールだよ?

ふざけてんのか？」

「だって……」

「クールってのは『スター・ウォーズ』や『X-MEN《エックスメン》』にでてるとか、マンチェスター・ユナイテッドでプレイしてるとかのことだ。トイレに住んでる不気味なグリーンのモンスターはちがうだろが」

まだだれも笑わない。でも、イーサンはゆっくりと笑顔《えがお》になってきている。

ノアはまだやめない。「やられてもやり返さない弱虫の汚《きたな》い臭《くさ》いモンスターだぞ」

笑っている子と笑っていない子の比率《ひりつ》は九対一になった。

ぼくも笑おうとした。でもぼくの表情《ひょうじょう》は正反対になっていた。そこでその場を立ち去れば、だれにも気づかれなかったのかもしれない。

でもおそかった。

「どうしたんだ、ジョシュアちゃん？」玄関《げんかん》にむかって歩きはじめたぼくに、ノアが声をかけた。

「男子トイレにバクテリア・キラーがあるかもって、怖《こわ》くなったのか？　おまえもオヤジさんのあとを継《つ》ぐのなら、気をつけるんだな！」

12

「もしかして、泣いてる？」

「ちがうよ」ぼくは手の甲《こう》で涙《なみだ》をぬぐいながらいった。

「涙《なみだ》でぬらさないでよ。すべって机《つくえ》から落ちちゃうかもしれない」

ちょっとでいいから、ひとりになりたかった。ロボットにつべこべいわれるのは最悪だ。

「たのむから、しばらくオフにしてくれないかな、チャーリー？　気分が悪いんだ」

ロボットはぐるっと頭を一回転させた。さらに反対方向にもう一回転。

「ごめん。まだうまくコントロールできないんだ」

自分をコントロールできないのはおたがいさまだ。いくらおさえようとしても、涙《なみだ》がこぼれつづける。

「なんで話しかけたのさ？　きみはまったくしゃべらないはずじゃなかったの？」

「うん、そうだね。どうして話しかけたのか、自分でもわからない」

「どういうこと？」

「きみがライト先生に話してるのがきこえたんだ」

「ああ」

「きみが相棒《あいぼう》になるのをことわったとき」

きみの心配をするのはきみの親の仕事だろ？　そう思っていても、とつぜん罪悪感《ざいあくかん》を持ってしまったのはどうしてなんだろう？

「きみがきらいとか、そんなことじゃないんだ、チャーリー。ぼくはただ……」

「相棒《あいぼう》になるからって、親友にならなくちゃいけないわけじゃないんだけどな。ただ、集会とか食堂《しょくどう》とかに運んでくれるだけでいいんだけど」

「集会にでたいの？」

「そんなには。でも、車輪とかジェットパックとかがついていればいいな、とは思うよ。教室からちょっとのあいだでも抜《ぬ》けだしたいから。ロックダウンよりつらい」

「どうして、クラスの子はだれも相棒《あいぼう》になりたがらないの？」

べつに意地悪をしたかったわけじゃないけど、たぶん、傷《きず》つけてしまったようだ。

チャーリーの首がうなだれた。「それは話したくない」

「ごめん」そういいながら、この目は「悲しい」モードか「とまどってる」モードのどっちなんだろうと思った。「だけど、きのうは転校初日だったから。ぼくはただ、最初に作る友だちは……なんていうか、ロボットじゃない方がいいかなって」

「ロボットじゃないからね、バカだな。きみのとなりにいるわけじゃないってだけなのに」

「どこにいるの？」

「知りたければいうけど、自分の部屋でベーコン・サンドイッチを食べてる」

「そうなんだ」

「それより、これがどれぐらい『健康じゃないこと』なのか話してくれない？」

「健康？」

「ほら、きみのお母さんは保健所《ほけんじょ》の所長だっていってたから」

チャーリー以外のクラスの子たちが覚えているのは、「オレンジ」の方だ。

「おねがいだから、ベルが鳴るまでそっとしておいてくれないかな？　べつにきみがじゃまだとか、そういうんじゃなくて、ただすこし落ち着きたいんだ」

チャーリーはうなずいた。すくなくとも、ロボットにうなずかせようとしたみたいだ。

「うん、わかったよ、ジョシュ。それに相棒《あいぼう》のことも、もういいから」

ぼくたちは三十秒ほどは静かにしていた。ありがたいことに、ロボットと話すのは、思っていた以上に気楽だ。というのも、ぼくの方がおしゃべりをとめられなかったのだから。

「相棒《あいぼう》の件《けん》だけど、ほんとういうと、先生にことわったのは、イーサンと友だちになれるかもしれない、なんて、バカなことを考えていたせいなんだ」

「問題はイーサンじゃないよ」チャーリーがいった。「問題なのは『お友だち』の方だよ。ノアのことだけどね」

「そうだね。それに、ぼくの父さんについてあいつが校庭でいったことのせいで、新しい友だちなんて、もうぜったいにできないだろうな」

「どういうこと？　あいつはなんていったの？」

それでぼくはチャーリーにあの恥《は》ずかしい「父さんはトイレット・モンスター」という話をした。ノアがいった男子トイレのバクテリア・キラーに気をつけろ、っていうジョークのことも、そのあとの、笑った子と笑わなかった子の比率《ひりつ》のことも。

正直なところ、すこしは同情《どうじょう》してもらえるんじゃないかと思っていた。なのに、うそだと思うかもしれないけれど、ロボットは頭がもげるんじゃないかと思うほど大笑いした。

「笑いごとじゃないんだけどな」

「もちろん、ちがう。ただ、きみはもうすこしうまくやれたんじゃないかと思ったんだ」

「たとえば、どんなふうに？」

チャーリーはしばらくだまった。「それはわからない。なにか、おもしろいことをいい返すとか、かな？」

「だから、どんな？」

「そうだな、たとえば……」チャーリーはまただまりこんだ。「思いつかない。でも、きみはその場から逃《に》げだすべきじゃなかった、っていうのはたしかだね」

「よくいうよ。きみは自分の部屋でベーコン・サンドイッチを食べてるくせに」

「ごめん、そんなつもりじゃなかったんだけど」

「あいつらみんな、ぼくのことを笑ったんだよ。きみなら、なにができたっていうんだよ？」

「わからない。だけど、きっとなにか思いついたと思う」

ぼくは机《つくえ》をぴしゃりとたたいた。ぼくが勢《いきお》いよく立ちあがると、チャーリーはぐらぐらゆれた。ぼくはヨロヨロとドアの方に歩いた。

「きみは、ぼくなんかよりずっと賢《かしこ》いんだろうな」

「ジョシュ、待って！」チャーリーがいった。「そんなつもりじゃ……」

＊　＊　＊

ライト先生はコピー機の裏《うら》にしゃがんでいた。

「ハイ、ジョシュ。どうかした？」

男子トイレと四年生のローマ時代の展示物《てんじぶつ》のあいだを歩いているときに、とつぜん、思いついた。

「気持ちが変わりました」ぼくはいった。

ライト先生のお日様のような笑顔《えがお》が、考えこむようにくもった。

「だいじょうぶ、ジョシュ？　なにかあったの？」

「いえ、そうじゃなくて、やっぱりやりますっていいにきたんです」

ライト先生は腕《うで》まくりをして、コピー機の裏《うら》に手をつっこんだ。

「休み時間のあとまで待てない？　コピー機の紙がつまっちゃってて」

いまいってしまわないと、また気持ちが変わりそうだ。

「ぼく、チャーリーの相棒《あいぼう》になります。まだ、だいじょうぶなら」

「それはありがたいわ、ジョシュ」先生はクシャクシャになった紙をふりながらいった。「それじゃあ、ランチの時間からどう？　チャーリーは最近、ずいぶんつらい目にあってたの。きっと、ふたりにとっていいことだと思うな」

13

これがいいアイディアなのかどうか、自信がなかった。それで、ノアや6Wのほかの子たちがみんな席についてランチを食べはじめてから、食堂《しょくどう》のはしっこの方にすわった。

「まさか、それ食べるの？」

ツナマヨののったベイクドポテトはとてもおいしそうだった。皮付きの丸々《まるまる》一個《こ》のジャガイモだ。

「なんで？　なにか問題でも？」

「チーズとトマトのピザにするべきだよ」チャーリーがいう。「それなら、すくなくとも食べ終わっても歯は全部無事だから」

「きみはなにを食べるの？」

「水だけ」チャーリーはそういいながら、ゆっくりと頭をまわして、ほかのテーブルを見ている。

「ぜんぜん、食欲《しょくよく》がないから。ここにくると、いつも気分が悪くなる」

ベイクドポテトはチャーリーがいった通りだった。食べ物というより、大砲《たいほう》の弾《たま》に使った方がよさそうだ。

「ねえ、チャーリー、ひとつきいていいかな？」

「なに？」

ライト先生にもう一度たずねてみたけれど、先生は教師《きょうし》と生徒の信頼《しんらい》にかかわるから、といって答えてくれなかった。でも、「相棒《あいぼう》」ならどうしても知っておきたい。

「どうしてきみは、学校にこないの？　どうして、ロボットが代わりなの？　いったい、なにがあったのさ？」

「それは話したくない」チャーリーはいった。「おねがいだから、二度ときかないで」

「うん、わかったよ」ぼくがそういったとき、大声で笑うノアの声がきこえた。ぼくを笑ってるんじゃないといいんだけど。「でも、気分が悪くなるのなら、どうして、食堂《しょくどう》にきたかったの？」

「わからないよ」チャーリーがいった。「ライト先生をよろこばせるため、かもね。それに、先生からきみのことをきいたから」

「きいたって、なにを？」

「きみが心配事にひどくなやまされてたってこと。どうしてジョシュには『安全地帯』が必要なの？

それに、前の学校でなにがあったの？」

「なにもないよ」今度はぼくの方が気分が悪くなってきた。「もう、むかしの話だから。それに、そのことは話したくない」

「うん、わかったよ、ジョシュ。話すならどんなこと？」

「サッカーのことかな。きみはどのチームを応援《おうえん》してる？」

「アーセナル。でも、母さんはときどき弟といっしょにブライトンのゲームにつれてってくれる」

それはがっかりだね、といいかけたとき、ノアがまたバカ笑いをはじめたので、思わずそちらを見てしまった。

「見ちゃだめだ！」チャーリーがいった。「ノアが気づいたら、めんどうなことになるよ」

「うん、ありがとう」それから、勇気をだしてツナマヨを食べることにした。

そのとき、ノアの笑い声がとまった。

「チャーリー？」

「なに？」

「さっき、きみがいおうとしたのは、ぼくを助けてくれる、とかってこと？」

「うん、もちろん。なにかできることはない？」

「うん、なにもかも、かな」胃《い》がむかつくのは、ツナマヨのせいだけならいいんだけど。「まだ転校二日目だっていうのに、ノアは完全にぼくをきらっていて、ほかのみんなも、ぼくをマヌケ野郎《やろう》だと思ってる」

「落ち着いて」チャーリーがいった。「きみがマヌケだなんて、だれも思ってないよ。たとえもしそうだとしても、そんな状態《じょうたい》から抜《ぬ》けだす道はいくらでもあるから」

「ほんとに？」

「それに、ノアのことは心配しないで。あいつをうまくあしらう方法は、きっと見つかるから」

「イーサンはどう思う？　イーサンとは、友だちになれるかな？」

チャーリーは一瞬《いっしゅん》、ためらったようだ。まるで、急に電源《でんげん》を切ったみたいに。

「うん……もちろん。きみがそう望んでるなら」

学校の食堂《しょくどう》でロボットと席についているなんて、それだけでじゅうぶん変だ。でも、もっと変なのは、ほかのだれにもいえないことを、そのロボットには話せるってことだ。さらにそれ以上に変なのは、ロボットに話すことで、気がしずまったってことだ。チョコレートとビーツのケーキを食べはじめられるぐらいには気がしずまっていた。

いっぽう、チャーリーはピリピリしている感じだ。

「いいね、ふり返っちゃだめだよ。ノアがきみに目をつけたみたいだ」

「えっと、それは……」

「まずいな」チャーリーは頭を天井《てんじょう》にむけてかしげた。「あいつはきみに……」

「ぼくになに？」

「前にも、ほかの子にやったことがあるんだ。たぶん、あいつはきみにむかってポテトを投げようとしてる」

「まさか、そんなこと？　食堂《しょくどう》の人が目を光らせてるよね？」

「ノアは、自分から目がそれるのを待ってる。そうじゃなきゃ、だれかが水をこぼして、食堂《しょくどう》の人がモップをとりにいくのを」

ぼくはケーキのスライスを皿にたたきつけるようにもどした。「すぐ逃《に》げなきゃ」

「あわてないで」チャーリーがいう。「まだ、三十秒は余裕《よゆう》があるから。きみがするべきことをいうからね」

チャーリーの作戦は理論《りろん》上はすばらしかった。でも、その作戦を三度きいたあとでも、ぼくはまだ、うまくいくとは思えなかった。

「ほんとうにうまくいく？」

「走って逃《に》げるよりはましだよ」チャーリーがいった。「いま、あいつはポテトを手に取った。準備《じゅんび》はいい？　ジョシュ」

「うん、たぶん」ぼくはおしりで椅子《いす》をうしろにおして、両手を顔の前にかまえながらゆっくり立ちあがった。「いつでもＯＫ」

「声をかけるまではふり返っちゃだめだよ」チャーリーがいう。「いいね、ジョシュ、信じて。きっとうまくいく。きみならできる」

自分の部屋のベッドの上でなら、そんなふうに自信たっぷりにできるだろうさ。

チャーリーがカウントダウンをはじめた。「三、二……よし、いまだ！」

ぼくはくるっとまわりながら上を見た。最初は天井《てんじょう》から下がった蛍光灯《けいこうとう》と、その蛍光灯《けいこうとう》の上にのっておきざりのままのサッカーボール以外なにも見えなかった。でも、なにもかもがスローモーションで動いているみたいだ。ポテト（とツナマヨ）はぼくの両手の上に落ちてきた。

「やった！」チャーリーがいった。その声は、ぼくとおなじくらいびっくりしているみたいだった。

うまくキャッチできるなんて自分でも信じられなかった。それはノアや取りまきの連中もおなじだったみたいで、なかには思わず拍手《はくしゅ》をしたやつまでいたぐらいだ。

「あいつらがこっちにくる」チャーリーがいった。「なんていうのか、楽しみだ」

ぼくはまず、チャーリーをつかんでテーブルの下にかくした。ちょっと意地悪だったかもしれないけれど、ぼくがだれとランチを食べているのか、あいつらには知られたくなかった。

「ナイスキャッチ」そういったのはイーサンだ。

「ありがと」イーサンの笑顔《えがお》が作り笑いじゃないのを確認《かくにん》しながら答えた。

「ラッキーだった、だろ？」ノアがいう。怒《いか》りに満ちたしかめっ面《つら》は、百パーセント本物だ。「トイレット・モンスターの息子《むすこ》にキャッチできるわけない。そうだろ、イーサン？」

「ああ、うん、そうかも」

ちょうどそのとき、ロボットのくぐもった笑い声がきこえた。ありがたいことに、ノアはぼくの声だと思ったようだ。

「なにがおかしいんだ？　ジョシュア。おれがおまえなら、笑っちゃいられないぞ。つぎのときも、ラッキーだとは思うなよ！　いくぞ、イーサン」

やつらがいなくなると、チャーリーをひっぱりだして、ティッシュで汚《よご》れをふいた。

「ごめん。ツナマヨがスピーカーにかかっちゃった」

ライトはついているのに、チャーリーは返事をしなかった。

「だいじょうぶ？　まさか、こわれちゃった？　ねえ、チャーリー」

ようやく返事があった。「どうしてテーブルの下にかくしたの？」

「えっと、それは……それは……」母さんは、ときによってはほんとうのことをいわない方が親切だといっていた。「それはつまり、やつらがもっと食べ物を投げつけるかもしれないと思ったからさ。ほら、ロボットって、すごく高いんでしょ？　こわされたくなかったから」

「そうか、ありがとう」チャーリーはいった。「それじゃあ、ハイタッチなんかどう？」

チャーリーに腕《うで》はない。そこでぼくは、頭のてっぺんを手のひらでそっとたたいた。

「でも、なんのためのハイタッチ？　ノアがなんていったか、きいてたでしょ？　『つぎのときも、ラッキーだとは思うなよ！』だよ。あいつがぼくをからかいつづけたら、どうやって友だちを作るっていうのさ」

「心配しないで。またなにか考えるから。あしたの放課後は、お年寄《としよ》りたちにパソコンを教えにいくんだよね？　このロボットは４Ｇ対応《たいおう》だから、いっしょにいけるよ」

「ライト先生がゆるすかな？　それに、あんまりいいアイディアとも思えないんだけど」

「お医者さんがきたみたい。いかなきゃ」チャーリーがいった。「教室につれてかえって、充電《じゅうでん》をおねがい。きょうはもうもどれないと思うけど、またあした会おうね」

＊　＊　＊

「学校はどうだった？」ぼくとウィローに、母さんならだめっていう「違法《いほう》」なスナック菓子《がし》の小袋《こぶくろ》を投げながら、父さんがきいた。

「最高に楽しくて、おもしろかった！」ウィローは袋《ふくろ》をやぶりながらいった。「フィンリーのネコが赤ちゃんをうんだんだ。それでね、あしたは『ごきげんギリシャ』の授業《じゅぎょう》がはじまるんだよ」

「そいつはごきげんだ。それで、ジョシュは？」

母さんがいう通り、ときによってはほんとうのことをいわない方が親切だ。父さんを心配させたくない。

「うん、楽しかったよ」

「どんなことをした？」

「ああ、うん、いろいろ」

ありがたいことに、ノーマンがまた前庭をパトロール中だ。そのせいで、父さんはそれ以上質問《しつもん》できなかった。

「おい、おい、おい」ノーマンが杖《つえ》をぼくたちにむかってふりまわしながらいった。「おまえたち、あのネコがひっぱりこんだものを見ろよ」

ウィローはノーマンに手をふり返していった。

「フィンリーのネコのこと、きいたんでしょ？　子ネコがうまれたんだよ」

それをきいたノーマンは一瞬混乱《いっしゅんこんらん》したようだ。でも、すぐにぼくたちが持っているお菓子《かし》の袋《ふくろ》に気づいた。

「そいつを捨《す》てようなんて考えるなよ」

「こんにちは、ノーマン」父さんが握手《あくしゅ》の手をさしのべながらいった。「おかげんはいかが？」

「最悪だ。騒《さわ》がしいガキどもがうじゃうじゃいるし、テレビじゃおもしろいことはなにもやってない」

父さんは手をひっこめた。「それは残念ですね。でも、おうちにはいられたら？　外は寒いでしょう」

「よけいなお世話だ」ノーマンは、おそろしい表情《ひょうじょう》で、足をひきずりながら父さんに近づいてきた。「おまえは思った以上に……」

とつぜん、ノーマンのよどんだ灰色《はいいろ》の目に光がともった。

「おい、なんてこった。おまえだな。そうだろ？　おまえのガキどもがゴミをまきちらすのももっともだ。おまえは、あのトイレ……」

たった一日で、もうこれ以上トイレット・モンスターの話題をきくのはごめんだ。それでぼくは、父さんの気をそらそうと、たったひとつ思いついたことをいった。

「ねえ、父さん、きょうは新しい友だちができたよ」

「ほんとうかい？」父さんはノーマンに会釈《えしゃく》するとぼくの方に注意をむけた。「その子の名前は？」

「えっと、チャーリーだよ」

父さんはすごくうれしそうだ。まるでアカデミー賞《しょう》でも受賞《じゅしょう》したみたいに。

「それはよかったな、ジョシュ。わたしもうれしいよ」

ウィローもうれしそうだ。

「あしたの夕食にチャーリーを招待《しょうたい》したら？　デイブはフロッピー・コットンテールと結婚《けっこん》するんだ。デイジーとチャキータが見にくるの」

チャーリーがロボットだと説明するのはむずかしすぎる。そもそも、チャーリーが友だちというのも適切《てきせつ》じゃないし。それでぼくは、とっさに思いついたことをいった。

「たぶん、あした、チャーリーは用事があると思うんだ」

「まあいいよ」父さんがいった。「また、つぎがあるさ」

ウィローは疑《うたが》わしそうに顔をしかめている。

「ねえ、ジョシュ、チャーリーって想像《そうぞう》の友だちなんじゃない？」

なんてするどいんだ。

14

いまは午前の休み時間だ。ライト先生が山のように積みあげたガスマスクの箱を持って教室にあらわれたとき、チャーリーの計画について、ぼくはすでにちょっと心配になっていた。

「先生にきいてみて」チャーリーがいった。

「きみがきけば？」

ロボットの頭の上のライトがすぐにブルーに変わった。返事をするつもりはない、ってことだ。

「ライト先生」

「なに、ジョシュ？」

「きょうの午後のコミュニティー・センターのことなんですけど。ぼくとチャーリーでペアを組むってこと、できますか？」

先生が「もちろん」と答えたとき、ぼくはうれしそうなふりをした。でも、ぼくのおなかはなんだか落ち着かない。

「すてきなアイディアね、ジョシュ。お年寄《としよ》りに最新のテクノロジーを見せるんだから、すごく意味があると思う」先生はチャーリーにむかって、ものすごくうれしそうな笑顔《えがお》を見せた。「もちろん、チャーリーがそうしたければ、だけど」

チャーリーはなにもいわない。でも、カメがおじぎするようにゆっくりうなずいてみせた。

「うん、それなら」先生はガスマスクの箱を机《つくえ》の上にどんとおいた。「でも、いまはマスク用の紐《ひも》を見つけてこなくちゃ。また、休み時間のあとで会いましょう」

チャーリーのブルーのライトが消えた。

「ライト先生となにかあったの？　どうして話さないのさ」

「べつに。ただ、ちょっと……。休み時間はもうすぐ終わるよ。で、新しいプラン、やるの、やらないの？」

「ほんとうに、うまくいくかな？」

「時間はかかるかも」チャーリーはいった。「でも、まずは、はじめてみないと」

ぼくはチャーリーからきいて手の甲《こう》に書いたメモをチラッと見た。

「きみはどうやって、こんなこと知ったの？」

「この二か月、ひたすら耳をかたむけてきたから。それ以外に、なにができると思う?」

「わかった。やるよ」ぼくはせいいっぱいの作り笑《わら》いを見せると、校庭にむかった。「うまくいくことを祈《いの》っててよ」

新しいプランというのは、一見、すごくかんたんそうだ。チャーリーがぼくに提案《ていあん》したのは、6Wの子を見つけて、すこしばかりおしゃべりをするってことだ。でも、クラス委員のバッジをつけた女の子に近づくぼくは、びくびくしていた。

「ハイ」ぼくは目いっぱい前歯を見せて微笑《ほほえ》みながら声をかけた。「えっと、ロクサーナだっけ?」

「いいえ、クロエよ」

鏡がなくても、自分の顔が完熟《かんじゅく》トマトなみに真っ赤なのはわかった。「あっ、えっ、ごめん……」

クロエは声をあげて笑った。「いいよ、気にしなくて、ジョシュ」

チャーリーは正しかった。ほとんどみんな、とても話しやすかった。それに、こちらには手の甲《こう》にメモしたそれぞれが好きな話題のリストがある。

フィンリーのお姉さんのロクサーナは、うまれた子ネコのことをたずねたら、ものすごくうれしそうだった。

ハリーはほんとうにゲップで国歌斉唱《せいしょう》をしてくれた(二回も!)。

ミアとエイバはチャーリーからきいていた以上にテレビドラマ『ドクター・フー』のファンだった。イザベルはいまだに六年生は制服《せいふく》を着なくていいと思っているし、サンメイは好きなピザのトッピングについて、何時間でも話せそうだった（ちなみに、ハムとパイナップルにチリフレークだそうだ！）。

アンジャリとマックス、それにエミリーは、ゲームのマインクラフトで、いっしょにマクセマノポリスという近代的な街を建設《けんせつ》している。

そしてなにより、父さんがトイレット・モンスターだという話題を持ちだした子は、ひとりもいなかった。

というわけで、リストの最後のひとりのところにくるまでは、ぼくはかなりごきげんだった。イーサンはピクニックテーブルにすわってバナナを食べていた。すくなくともそのときはひとりだ。

「やあ、きょうはサッカーしないの？」

「五年生の番だから」

チャーリーによれば、イーサンは水泳が得意《とくい》で、おやつにはソルト・アンド・ビネガー味のプリングルスを選び、ジョークが大好きということだ。

「ねえ、イーサン、一台のミニにゾウを何頭のせられると思う？」（父さん直伝《じきでん》のジョークだ）

イーサンはバナナの皮をゴミ箱に投げた。「なんだって？」

「ジョークなんだけどね、小型車《こがたしゃ》のミニにゾウを何頭のせられるか？」

「わかんないな」

「四頭。二頭は前の席、二頭は後部座席《ざせき》さ」

イーサンはニコリともしない。でもぼくはつづけることにした。

「じゃあ、冷蔵庫《れいぞうこ》のなかにゾウが二頭いるって、どうしてわかったか？」

「なんだって？」

「二頭が話してるのがきこえたから」

イーサンの口のはしがピクピクしている。

「それじゃあ、冷蔵庫《れいぞうこ》のなかにゾウが三頭いるのはどうしてわかったか？」

イーサンは肩《かた》をすくめた。

「ドアをしめられなかったからさ」

完全に笑った。大成功だ。あとは、もう一発クリーンヒットを。

「今度は、冷蔵庫《れいぞうこ》のなかにゾウが四頭いるのは、どうしてわかったか？」

「わからないな」イーサンがいった。「冷蔵庫《れいぞうこ》にゾウが四頭？」

「その冷蔵庫《れいぞうこ》の外に、ミニがとまってたからだよ！」

転校してきて以来、最高の瞬間《しゅんかん》がおとずれた。イーサンは両手で腹《はら》をかかえ、頭をのけぞらせ、大きく口をあけて「ハハ！」といったんだ。

つぎの瞬間《しゅんかん》にはふたりで大笑いしていた。チャーリーは正しかった。イーサンはジョークが大好きなんだ。こんなにうまくいくとは思わなかった。

ぼくはあまりにも大笑いしていたせいで、最初にそれが頭に当たったときにはほとんど気づかなかった。ぼくにむかって、カードリングが三つ、四つ、五つと飛んできてやっと、なんとか手で払《はら》いのけることができた。

「キャッチするんじゃないのかよ」そういう声がきこえた。

色とりどりのプラスチックのカードリングの山が足元にできている。顔をあげると、その声がだれのものかわかった。とうぜん、あいつだ。

「ごめんね、ジョシュアちゃん」ノアがいう。英仏海峡《えいふつかいきょう》トンネルなみに、でかい笑顔《えがお》だ。「これはちょっとしたアクシデントなんですよ。おケガがなければいいんですけど」

ぼくは首を横にふってつぶやいた。「だいじょうぶ」

実際《じっさい》、なんともない。ほんとうに傷《きず》ついたのは、イーサンがもうぼくといっしょに笑っていないということだった。イーサンは「ぼくを」笑っている。

「つぎはだれのとこにいくんだ？」ノアがいう。「ほら、つづけろよ」

あまりにも腹《はら》が立って、ことばがでてこない。そもそも、校庭になんかでてくるんじゃなかった。

ノアは校庭を横切るぼくのあとについてきて、しつこく質問《しつもん》をあびせる。

「なあ、ジョシュアちゃん、新しいリュックサックを買ったのはどうしてですか？　前のリュックにはなにか問題があった？　トイレット・モンスターに食われちゃったのかな？　それとも、スパイダーマンはもうきらいなんですか？」

すくなくとも、校舎《こうしゃ》のなかまではついてこなかった。すくなくとも、階段《かいだん》をかけあがり、廊下《ろうか》を走るぼくのぶざまな姿《すがた》は見られなかった。それにすくなくとも、友だち作りのアドバイスをロボットにしてもらったことは知られなかった。

「この作戦で、うまくいくようになるといってたよな？」ぼくは机《つくえ》の下から椅子《いす》をけりだして、どさりとすわりながらいった。「だけど、知りたければいうけど、百万倍も悪くなったよ」

チャーリーは恥《は》ずかしいからなのか、頭を前にたおしている。

「事態《じたい》はずっと悪くなったっていったんだけど、きこえなかった？」

「ごめん」チャーリーがいった。「こんなに早くもどってくるとは思わなかった。ちょっと居眠《いねむ》りしてた。もう一回いって」

ぼくはノアと降《ふ》り注いだカードリングのおそろしい話をした。

「それって、すごくおかしいね」チャーリーがいった。

「なんだって?!」

「ゾウの話。そんなうまいジョークがいえるなんて知らなかった」

「きみは、ぼくのことなんかなんにも知らないよ！」タイムマシンにとびのって、休み時間の前に時間をまきもどしたかった。「もし知ってたら、あんなふうにぼくを校庭に送りだしたりなんかしなかっただろうさ」

「わかった、ごめん」チャーリーはいった。「だけど、すこし時間がかかるっていったよね？　心配しないで。きっとうまくいくから」

「いや、むりだよ」パニックの前触《まえぶ》れの、目玉がキョロキョロ動いてしまうことや、それにつづいて起こるであろうさまざまな症状《しょうじょう》が頭に浮《う》かびあがってくるのを無視《むし》してつづけた。「前のときも、こんなふうにはじまったんだ」

「前に一度起こったからって、それがまた起こるとはかぎらないよ」チャーリーがいった。「だけど、きいていいかな？　前の学校で、なにがあったの？」

思い出すだけで、口のなかがカラカラにかわいてきた。

「もう何年も前のことなんだ。話したくない」

チャーリーの声がいつもよりやさしくなった。

「ねえ、ジョシュ、きいて。きみはもう、そのときとはまったく別人だよ」

「なんでわかるんだよ？」

「何年も前のことだっていったから」チャーリーが頭をあげたので、まっすぐ目を見つめられているような気がした。「人はだれでも変わるんだよ、ジョシュ。どんなふうになるかはわからないけど、今度はちがうふうになるよ」

「ほんとに？」

「手はじめにこのチャーリーがいるじゃない。助けになるから。約束する」

思わずことばがこぼれでていた。「いまのところ、さっぱり助けになってないけどね」

「すこし、横にならないと」チャーリーがいった。「このやっかいごとをつぎにどうするか、またあとで話そう」

チャーリーがいう「やっかいごと」は、ぼくの前回の大災害《だいさいがい》の警告《けいこく》とおなじにおいがする。ぼくの相棒《あいぼう》がだれなのか知ったとき、あいつらはなんていうだろう。

「うん、わかったよ」

「そうだ、もうひとつ」

「なに？」

「きみはサッカーがうまいの？」

15

コミュニティー・センターまでの道のりは、それほど悪くなかった。

ノアはバクテリア・キラーのＣＭソングを歌いはじめた。

「モンスターを殺《ころ》せ、トイレット・モンスター、モンスターはイチコロだ……」

ありがたいことに、いっしょに歌うものはいなかった。

ほかのみんなは相棒《あいぼう》といっしょに歩いているのに、ぼくはつきそいのオリバーとクロエのお母さんと歩かなければならなかった。でも、シーガル・コミュニティー・センターに着くころには、ぼくはすっかり落ち着いていた（ちなみにクロエのお母さんはとてもいい人だった）。

「わたしはまだ、私服《しふく》を着ちゃいけないのは納得《なっとく》できないな」イザベルがいった。「お年寄《としよ》りたちは、ダサい制服《せいふく》なんて着なくていいんでしょ」

「そりゃそうだよ」そういったのはルビーだ。「お年寄《としよ》りといったら、カーディガンを羽織《はお》って、スリッパをはいてるもんでしょ」

「うちの子ネコのこと、みんな気に入ってくれると思うな」ロクサーナがいった。「お年寄《としよ》りって動物が大好きだもん」

「さあ、みんな、はいりましょう」ライト先生がいった。「すばやく、静かにおねがいね」

コミュニティー・センターは、学校の食堂《しょくどう》のにおいがした。ミルクたっぷりの紅茶《こうちゃ》のにおいも。ブローチをつけた女の人が三人、ノートパソコンを配っているあいだ、ぼくたちはメインホールの外でならんで待った。ライト先生はぼくたちひとりひとりが「ウォームディーン小学校の大使」なんだからねと釘《くぎ》をさし、いまのうちにトイレにいくよう告《つ》げた。

「赤いコードはひっぱらないでね。水を流すためのものじゃなくて、警報《けいほう》が鳴るから」

そのあとが、ぼくがいちばん恐《おそ》れていた瞬間《しゅんかん》だった。先生がトートバッグに手をつっこんで、チャーリーをひっぱりだす瞬間《しゅんかん》。

「あなたが持っててね、ジョシュ。チャーリーには二時ちょうどにログインするようにいってあるから。あと二分ほどだから準備《じゅんび》しておいて」

ぼくがチャーリーを小脇《こわき》にかかえると、ささやき声が興奮《こうふん》したざわめきに変わった。

ルビーが手をあげた。「ジョシュとチャーリーは相棒《あいぼう》になったんですか？」

「ええ、そうなの」ライト先生が答えた。「そろそろ、みなさんの新しい生徒さんたちのところへいく時間ね」

「これからみなさんをワンペアずつ、みなさんの犠牲者《ぎせいしゃ》に紹介《しょうかい》します」クリップボードを持った女の人がそういった。「みなさんに会うのを、みんなすごく楽しみにしていたんですよ」

ルビーはまだ手をあげたままだ。「ジョシュにとってはちょっと不公平じゃありませんか、先生？だって、チャーリーはぜんぜん話さないんだから」

「そうだよ」ノアがいう。「どなりもしない先生なんて、なんの役に立つんだ？」

ライト先生はグリーンの髪《かみ》のひと筋《すじ》に手をのばしながらいった。

「タミーダとあなたに最初にはいってもらおうかな、ルビー」そして、先生はクリップボードの女の人にむかっていった。「このふたりをブレンダのところにつれていってもらえますか？」

チャーリーのライトは、ほかの全員がメインホールにはいってようやくオンになった。

「ずいぶんゆっくりだったね」ぼくはほっとしているのか、がっかりしているのかわからない気分でそういった。「もう、こないのかと思ってた」

「ごめん、サッカーゲームをやってておそくなった。バーンリー対ビジャレアル」

「へえ、偶然《ぐうぜん》だね。ぼくもバーンリーをヨーロッパ・リーグのファイナルにつれていったところなんだ」

「いいね」

「きみのユーザーネーム教えてよ。いっしょにできるんじゃない？」

チャーリーはしばらくだまった。４Ｇ回線のせいだろうか。「それはできないよ」

「どうして？」

「オンラインのゲームはやらないから。オンラインではなんにもやらないんだ」

きっと、親がうるさいんだろうと思った。セント・アンドリューズのときのキーロンみたいに、親からオンラインは週七時間だけと制限《せいげん》されているとか。

「ＳＮＳもだめ？」

「ＳＮＳはぜったいダメ」

「どうして？」

「どうしても。わかった？」

ぼくは脇《わき》の下にかかえたピカピカの白いロボットをチラッと見た。

「だけど、いまはオンラインしてるよね？」

「これはべつ。ここにはだれも……」チャーリーがいった。

「お待たせしてごめんね」ライト先生がドアから頭だけだして、ぼくたちにくるよう合図した。「パソコンが一台、トラブってたの。でも、もうだいじょうぶ。さあ、はいって」

片方《かたほう》の脇《わき》にパソコン、もう片方《かたほう》にブルーのライトをともしたチャーリーをかかえて、ライト先生のあとについていった。ラインの消えかかったバドミントンコートを横切って、いちばんおくにあるステージにむかう。

「ゴーマンさんはとてもすてきなご老人よ。もし、チャンスがあれば、戦争についてたずねてみるといいわ」

お年寄《としよ》りたちは、背《せ》もたれの高い椅子《いす》にすわっていた。それぞれの前に小さなテーブルがあって、パソコンとコーヒーのはいったマグカップがおいてある（母さんなら健康面と安全面で問題があるというだろうな）。先生役の生徒たちは、お年寄《としよ》りの両脇《りょうわき》にひざをついている。

すこし耳の遠いお年寄《としよ》りもいるのか、きこえるのは十一歳《さい》の子どもの大声ばかりだ。

＊　＊　＊

「文字の大きさは気にしなくていいんです。かんたんに変えられるから」

「そうです。オーストラリアの妹さんとも話せますよ」

「Eメールっていうのは、エレクトロニック・メールの略語《りゃくご》です、ケネディさん」

「このスイッチをつけたり消したりしてみてください」

「さあ、ここよ」ライト先生は、首をがっくりたれて帽子《ぼうし》で顔の見えないお年寄《としよ》りの前でとまった。「起こすのは申しわけないわね。でも、あんまり時間がないから」先生は前かがみになってその人の肩《かた》をトントンとたたいた。「ゴーマンさん、お客さんですよ」

その人は意味のわからないことをつぶやいた。

「ヤカンはおれがかけておくよ、ベリル。もうすぐ、『ドック・グリーンのディクソン』がはじまるぞ」

それから、もたもたとメガネをさがすが、それは首からぶら下がっていた。居眠《いねむ》りから目覚めるそのようすは、きっとおかしなものだったんだと思う。とつぜん、その人がだれなのか気づきさえしなければ。

「えー、なんで？　うそでしょ。かんべんして」

16

「あとはふたりにまかせるね」ライト先生がいった。「まず、Ｅメールからはじめて、時間があればスカイプかＳＮＳだからね、覚えておいて」

最初、気づかれていないのかと思った。でも、すぐに頬《ほお》のクモの巣みたいな血管が赤黒く変わって、怒《おこ》ったトイレット・モンスターみたいなうなり声をあげた。

「おまえだな！　ゴミちらかし屋め」

ブローチをつけた女の人の一団《いちだん》が、ガードするようにドアのそばに立っている。逃《に》げだすこともできない。なので行儀《ぎょうぎ》よく微笑《ほほえ》んで、ぼそりといった。「こんにちは、ノーマン」

にごった灰色《はいいろ》の目がレーザーガンのようにぼくにむけられる。「きさま、ここでなにをやってるんだ？」

「インターネットを教えにきました」チャーリーをテーブルにおき、パソコンをひらいていった。

「なにかやりたいことは？」

「なにもない」

「ああ、そうなんですね」おじいちゃんと誕生日《たんじょうび》にテレビ電話で話したときのことを思い出した。

「オンラインのことはもう知ってるってことですよね？」

「知るわけがない。おまえは、さっさと自分の巣穴《すあな》にひっこんで、ほっといてくれってことだ」いいアイディアだと思った。でも、ライト先生がぼくにむかってはげますような笑顔《えがお》を見せたので、先生をがっかりさせるわけにはいかないと思い直した。

「なにか関心があるってことですよね？　ここにきたってことは」

「熱々《あつあつ》の食い物がでるからだよ」それから、疑《うたが》わしげに目を細めてチャーリーを見た。「きょうはまだでてないがな。でたのはキッシュロレーヌとラビットフードなみの生野菜だぞ！　フィッシュ・アンド・チップスをだせっていうんだ！」

「もしよければ、まずはEメールの送り方からはじめましょうか？」

「まずは、人をバカあつかいするのをやめることからはじめるんだな」ノーマンがいった。「それと、そのくだらないおもちゃをどうにかしろ」

ノーマンがチャーリーをテーブルから払《はら》い落とす前に、ぼくはサッとつかんだ。「これはおもちゃじゃありません。これはぼくの……友だちのチャーリーです」

ノーマンはあきれたというように首を横にふりながらいった。

「このおれのことをバカあつかいするのはやめろといっただろ」

Eメールの送り方を教えるだけでもたいへんなのに、ぼくはチャーリーをテーブルにおいて、なんとか説明しようとした。

「あの、えっと、チャーリーは学校にこられなくて……それで……」

「家から授業《じゅぎょう》なんかを見てるんです」ライトをともしたチャーリーがいった。「このロボットは目や耳、声の代わりなんです」

「ちょっと待てよ」ノーマンは補聴器《ほちょうき》をいじりながらいった。「こいつがしゃべったのか？」

「そうなんです。チャーリーは自分の家のｉＰａｄでこっちを見てます」

「じゃあ、おまえのお友だちにいってくれ。おれをスパイするのはやめろってな」

もう限界《げんかい》だと思った。「ライト先生を呼《よ》んでくるよ」

「だめだよ、ちょっと待って」チャーリーがいった。「思いついたことがあるんだ」

「なにを？」

「ノーマンにむかしのブライトンのビデオを見せたら？　おばあちゃんはむかしのものを見るのが大

好きだよ」

ノーマンはまた補聴器《ほちょうき》をいじっている。「こいつは、なんていったんだ?」

「チャーリーは、ノーマンはこれを見たいんじゃないかって」

「どうだかな」

ここのＷｉ－Ｆｉはノーマンよりものろい。そのせいで、ＹｏｕＴｕｂｅで「海辺への旅（一九五三年）」という古くさい動画を見つけるまでに、半世紀《はんせいき》はかかったように感じた。

それはひどいもので、ダブダブのズボンをはいたり、花柄《はながら》のドレスを着た人たちがアイスクリームを食べていたり、ただ海辺のデッキチェアにすわっているだけの動画だ。しかも、白黒!

「ごめんなさい、ノーマン。これはたいくつだよね。なにかほかのものをさがしてみる」

「いや、つづけろ」ノーマンはよく見えるようにと、身をのりだしている。「悪くないぞ」

「ほらね」チャーリーがいった。

その動画はたった十二分で終わった（壁《かべ》の時計で、ずっと確認《かくにん》していたから、正確《せいかく》だ）。でも十二年もたったような気がした。ノーマンはすごく楽しんだようだ。しわくちゃのしかめっ面《つら》が、ゆっくりと笑いじわにおおわれた笑顔《えがお》に変わって、つぎつぎとコメントをつぶやきはじめたぐらいだ。

「なんてこった!　あれは最初のデートでいったシャーリーのダンスホールじゃないか。それにあれは……ホテル・メトロポールだ！　高すぎていったことはなかったがな。むかしの海水浴は最高だった。トリ貝やムール貝、うまかったなあ。キッシュロレーヌなんぞ目じゃない」

動画が終わると、表情《ひょうじょう》はずいぶんやわらいでいた。

「ねえ、ノーマン、よかったら、スカイプのやり方を見せようか？」

「ゴーマンさんと呼《よ》べ」しわだらけの笑顔《えがお》はあっというまに消えた。「だいたい、なんなんだ、そのスカイプってのは？」

「電話みたいなものです。でも、相手の顔を見ることができるんです。すごくいいですよ。お友だちみんなと話せます」

ノーマンは関心なさそうだ。「ふん」

「たとえば、外国にいる家族とも話せます。ぼくのバリーおじさんはオーストラリアにいるんですけど、父さんはしょっちゅう話してます」

「そんなもの、必要ない。興味《きょうみ》はないね」

「わかりました。じゃあ、よかったら、Ｅメールを送るところを見せましょうか？」

ノーマンは杖《つえ》に手をのばした。

「もうじゅうぶんだ。おれは八十八歳《さい》なんだぞ。インターネットなんぞには用がないし、Ｅメールなんぞ、送ったりはしないさ。それが、どんなものか、わかったとしてもな。いいか、よくきけ。一九五三年の世の中の方が、いまよりずっとましだった」

「ノーマン、待って！」

ノーマンをとめるべきだったのかもしれない。でも、ノーマンの決意はかたく、立ち去ってしまった。

「まあ、しょうがないよ」チャーリーがいった。

「最悪だ。ほかのなにもかもとおんなじで」

「どういうこと？」

「まずは学校」ぼくは椅子《いす》の肘掛《ひじか》けに手をかけて立ちあがり、ノーマンがいなくなった椅子《いす》にどさっとすわった。「イーサンはぼくのことを、できそこないの負け犬だと思ってるし、ノアはぼくのことが大きらいだ。そこにきて、あの『トイレット・モンスターの息子《むすこ》』騒《さわ》ぎだ。もう、友だちなんてできないよ」

「さっきはノーマンに『友だちのチャーリーです』っていってくれたよね？」

「ああ、うん、でもあれはべつに……」

チャーリーはだまってしまった。ぼくには「罪悪感《ざいあくかん》モード」のスイッチがはいった。

「ごめん、チャーリー。もちろん、きみは友だちだよ。ぼくはただ、いろいろと心配なことが多すぎて……」

どんな反応《はんのう》が返ってくるのかは想像《そうぞう》していなかった。でも、けたたましいロボット声の笑い声が返ってくるなんて思いもしなかった。

「すごく残酷《ざんこく》だよね」

「なんの話？」

「自分の子どもにふざけた名前をつけること。ノーマン・ゴーマンだよ！　あの人があんなにみじめなのも当然だよ」

「うん、そうだね。きみなら、チャーリー・バーリーみたいなことだよね」

「きみなら、ジョシュ・ボシュ」

ふたりで大笑いした。でもすぐにまた、心配になった。

「ぼくはどうしたらいいんだろう？　ねえ、チャーリー」

「うん、まずはあした、サッカーシューズを持ってくるのを忘《わす》れないことだね」

「えっ？」

「あしたの放課後、コーヘン先生がコーチしてるサッカークラブがあるんだ。友だちを作るには最高でしょ？　おなじチームになるかもしれないいし」

ぼくの頭には、百万通りもの大災害《だいさいがい》のシナリオが思い浮《う》かんだ。その上に、もちろん、とびっきりのがひとつ。

「バカなことといわないでよ。きみはサッカーなんかできないだろ？　きみはロボットじゃないか」

「うん、そうだね」チャーリーがいった。「でも、タッチラインからゲームを見ることはできるし、きみにノアのあつかい方を教えることだってできる。心配しないで。自信はあるから。これでも、六年生のなかでは最高のプレーヤーだったんだよ。すくなくとも、以前は」

「うーん、ぼくは……」

「はい、みなさん」ライト先生がいった。「残念ですが、時間です」

チャーリーが頭をまわしはじめた。「注意せよ！　注意せよ！　バカ接近《せっきん》中！」

ノアがぼくの椅子《いす》のうしろからとつぜん顔をだして、叫《さけ》んだ。

「バーッ！」

ぼくはまたしても、奈落《ならく》につき落とされた。なんとかいえたのは、「なんの用だよ？」だった。

「あのじいさんはどうしたんだ？」ノアがいう。「トイレット・モンスターがこわくて逃《に》げだしたのか？」

「『うせろ』っていってやりなよ」チャーリーがいう。

ノアはびっくりぎょうてんしている。「うそだろ？　いまの空耳じゃないよな？　おーい、イーサン、こっちにこいよ！　信じられないことが起こったぞ」

すぐに、大勢《おおぜい》に取り囲《かこ》まれた。

「どうした？」イーサンがいった。

ノアが、頭の上にブルーのライトをともしたロボットを指差した。

「チャーリーがトイレット・モンスターの息子《むすこ》にしゃべったんだ」

「うそでしょ」ルビーがいった。「彼女《かのじょ》がなんでいまになって話すのよ？」

「いや、ほんとうだ」ノアがいう。「ジョシュアちゃん、彼女《かのじょ》にきいてみろよ」

ぼくののどはぎゅっと縮《ちぢ》こまって、声がでない。

「なあ」ノアが青いスエットを着た巨大《きょだい》なクモみたいにぼくにおおいかぶさる。「ほら、チャーリーにきいてくれよ。なんで、彼女《かのじょ》は学校にこなくなったのかってな。みんな知りたいんだよ」

ちょっと待てよ……。なんだか、変なことばがきこえた気がする。

「えっと、いまなんていった？」

「チャーリーにきいてくれっていったんだよ。なんで、彼女《かのじょ》は学校に……」

「そろそろおしまいにしましょうね」ライト先生はそういうと、テーブルからチャーリーをさっと持ちあげて、トートバッグにしまった。「いったいなにがあったの？　みんな、オバケでも見たみたいな顔してる」

あまりものショックで、ぼくはまだ声がでなかった。

＊　＊　＊

「そいつは、なんとも不思議な偶然《ぐうぜん》だな」家に帰るとちゅう、ノーマンの家の前を通るとき、父さんがいった。「よっぽど、波長が合ったのかな？　この先、どうなることやら」

ウィローは考えこんだような顔をしながらスナック菓子《がし》を食べている。「あの、意地悪なおじいさんのこと？　ね、そうなんでしょ？」

「ノーマンは意地悪なんかじゃないよ、ウィロー・ピロー。それはちがう。こんな大きな家にひとり暮《ぐ》らしだから、きっとさびしいんだと思うな」

「ウサギを飼《か》えばいいんだよ」ウィローがいった。

父さんは微笑《ほほえ》んだ。「なにもかもがウサギで解決《かいけつ》するわけじゃないんだ」

ウィローは納得《なっとく》していない。「メスのウサギを飼《か》って、ダビナって名前をつけるの。それから、リビングルームに小屋を作ってあげればいい。そしたら、テレビを見ながら、おしゃべりができるから」

「それはいいアイディアだね」父さんがいった。「でも、ノーマンには、ちゃんと返事をしてくれる相手の方がいいと思うな」

「友だちを呼《よ》べばいいんだよ。お泊《と》まり会をするの」

「それもちょっとちがうかな」と父さん。

「どうして?」

父さんは道をわたるときにウィローと手をつないだ。「問題はね、ノーマンの歳《とし》になると、そんなにたくさん友だちがいないかもしれないってことなんだ。学校にいるときとはちがうからね」

ウィローは一瞬《いっしゅん》、悲しそうな顔をした。ぼくはうしろめたく感じた。もしかしたら、ぼくが友だちみんなとスカイプできるっていったときに、ノーマンがあんなに怒《おこ》ったのは、それが理由なのかもしれない。

でもすぐに、ぼくの考えはチャーリーの方に移《うつ》った。どうしても、よくわからない。

「きょうはずいぶんおとなしいんだな、ジョシュ。なにか問題でもあるのかい?」

これは父さんに話すようなことじゃない。でも、学校のだれにもきけないことだ。みんなはすでに知っているんだから。それで、つい、口からこぼれでてしまった。

「えっとね、友だちのチャーリーのことなんだ。チャーリーは、女の子なんだ」

これがどんなふうにきこえるかはわかる。父さんは必死で笑顔《えがお》をかくそうとしている。

「ああ、なるほど。でも、べつになにも問題じゃないよな。そうだろ？」

ウィローはかくそうともしない。「そうだと思った。いつその子を家に呼《よ》ぶ？　デイブに会わせようよ」

「さあな」話すんじゃなかったと思いながらいった。「永久《えいきゅう》にないかもね」

ウィローは目を細める。「ねえ、ジョシュ。その子って空想のガールフレンドじゃないよね？」

「ちがうよ」でも、半分はそうだったらよかったのに、と思っていた。

17

最初の休み時間のあいだ、チャーリーはずっとログインしてこなかった。なので、たずねるチャンスができたのはランチタイムになってからだった。

「どうして、きみは女の子だっていってくれなかったの？」

「だって、一度もきかれてないから」

ぼくはすばやく食堂《しょくどう》を見まわして、ノアがまたなにかを投げてこないか確認《かくにん》した。すくなくともきょうのメニューはソーセージロールとベイクドポテトだけだ。

「きみはぼくの相棒《あいぼう》なんだから、いうべきだった」

「どうして？」

答えるのはなかなかむずかしい質問《しつもん》だ。「だって……」

「知ってると思ってた」チャーリーは頭をゆっくりもたげながらいった。「そもそも、どうして男だって思ったの？」

この質問《しつもん》ならかんたんだ。「だって、チャーリーっていうのは、男の名前だよね？」

「そんなことない。自分のことは自分の好きなように名のれるし」

「うん、まあいいよ。でも、きみはサッカーゲームをやってるっていってたし、六年生で最高のサッカープレーヤーだっていってたから」

もし、チャーリーの目に、「怒《いか》りモード」があるなら、それを使っただろう。「それだけのことで、男だって決めつけたの？」

「ごめん。ほかの子もだれも教えてくれなかったし」

「へえ」

ぼくはソーセージロールをかじって、おいしそうなふりをした。

「ただ、ライト先生には教えてもらいたかったな。それだけ」

「どうして？　いわれてたら、なにかちがってた？」

「うーん」

「なにか問題でも？　女ぎらいとか？」

ぼくがきらいな女の子はひとりだけだ。でもそれは、むかしのこと。その子のことを考えるだけで、いまでもおなかが痛《いた》くなるけれど。いまでも、その子の名前を口にだすことはできない。

「もちろん、女ぎらいなんかじゃないよ」

「だったら、なにが問題？」

「わかんないや」ぼくはそういいながら、皿のまわりについたトマトソースをベイクドポテトでぬぐった。「もしかしたら、新しい友だち作りを手伝ってもらうには、男の子の方がちょっとだけいいと思ったのかもしれない」

もし、チャーリーに「カンカンに怒《おこ》ったモード」の目があるなら、いまはそれを使っただろう。

「それって、もう相棒《あいぼう》になるのはいやだってこと？」

ぼくはとつぜん、すごくトンマなことをいったことに気づいた。

「もちろん、きみと相棒《あいぼう》になりたいよ。ぼくに親切にしてくれるのはきみだけだし。なんか変なこといっちゃってごめん。きみなら、ぼくの友だち作りを手伝ってくれるって、信じてる。たとえ、きみが……」

「女でも？」

「そうじゃないよ。ぼくがいおうとしたのは、たとえきみが、自分の部屋にいるとしても、ってこと」

「ああ、わかった。とにかく、自分が女だっていわなかったのはごめん。だけど、どんな見た目なのかもわからないのに、気に入ってくれてるみたいだったのはうれしかった」

「で、きみはどんな見た目なの？」

「さあ、べつに……ふつうじゃないかな」

「おい、チャーリー」声がした。「おまえはいつになったら、みんなにロボットになった理由をいうつもりなんだ？」

それがだれの声なのかは、頭のうしろに目がついていなくたってわかる。

「ほっとけよ」ぼくはノアの手がソーセージロールにのびるのを見ながらいった。「おまえとは関係ないだろ」

「知ったようなこというな」ノアがいった。「これはな、おれにも関係あることなんだよ、ジョシュアちゃん」

「なんだって？」

「イーサンからきいたぞ。おまえはコーヘン先生のサッカークラブにくるんだってな。で、ポジションはどこだっけ？」

「ミッドフィルダーだよ」ほんとうのところは、ほんの三回ほどやったことがあるだけだ。「フォワードもやってた」

「うまいのか？」ノアがいった。きくまでもないけどな、といった口調だ。

「すごくうまいよ」チャーリーがいった。人前でふたたび話すようになるタイミングとしては、史上《しじょう》最悪だ。「見たことあるから。前の学校で撮《と》ったゴールシーンの動画を見せてもらった」

「おい、しゃべってるぞ！」ノアが勝ち誇《ほこ》ったようにいった。「やっぱりな。みんなに知らせよう」

「知らせたければ知らせればいい」チャーリーがいった。「でも、おまえのいうことなんか、だれも信じない」

ノアの顔がくもった。でも、ぼくに顔をむけたときには、にやっと笑っていた。

「前の学校じゃ、ちょっとはうまかったとしても、ここのハードタックルにビビるなよ。またあとでな、ジョシュアちゃん」

とつぜん、ベイクドポテトの味がしなくなった。

「どうして、急に話しはじめたりしたのさ？」

「あいつを怒《おこ》らすためだよ」

「はいはい、まったくありがたいよ。これであいつは、ぼくのこと、すごくうまいサッカープレーヤーだと思っただろうな」

「だけど、きみは……うまいんじゃなかったの？」

すこし大げさに答えてしまった。

「へたじゃない。でも、メッシほどじゃないからね。それに、緊張《きんちょう》したら目もあてられない」

「心配しないで。ライト先生がいってたよ。もうだいじょうぶなんでしょ？　わたしもいるし」

もう、気分が悪くなってきた。三時になったら、いったいどうしたらいいんだろう？

18

コーヘン先生のサッカークラブは最悪だった。チャーリーはどうしてぼくをこのクラブにはいるよう、いいくるめたんだろうか？　試合はぼくたちの赤チームが一対〇で勝っていたけれど、ぼく自身のプレーは、ルビーがあきれるほどひどかった。

「かんべんして、ジョシュ。なにやってんの？」

ノアは徹底的《てっていてき》にラフプレーをしかけてきた。近くでプレーするたびに、ばれないように脇腹《わきばら》にひじをいれてきたり、強くおしたりした。

「あらまあ、残念、ジョシュアちゃん。チャーリーはうまいっていってたのにな」

「どうしたのかな、ジョシュアちゃん？　トイレット・モンスターはまっすぐけれないのかな？」

そんなわけで、つぎにボールを足元におさめたときには、悪あがきをしてやろうと心に決めた。ドリブルでマックスをかわすと、イーサンの股《また》を抜《ぬ》いて、青チームのゴールを目指した。ノアはやっかいだ。怒《いか》りくるった猛牛《もうぎゅう》のように突進《とっしん》してくる。ノアに気をとられているあいだにオリバーがボールをかすめとって、イーサンにパスした。

「イーサンをマークして、ジョシュ」ルビーが叫《さけ》んだけれど、イーサンは五年生の子にパスした。その子はルビーをかわすとダニエルにクロスをあげた。ダニエルはたおれそうになりながらキーパーともつれていると、ノアがボールをさらって空のゴールにけりこんだ。

「よっしゃーーーーー!!!!」

ノアは二分間、延々《えんえん》とゴールパフォーマンスをつづけた。両手をひろげて飛行機のように走りまわったり、ニワトリみたいなダンスをしたり。

「よし、つぎにゴールした方が勝ちだ」コーヘン先生がいった。

ぼくはピッチからでてチャーリーのところにいった。

「このままじゃだめだ。どうしたらいい?」

「プラン通りに」チャーリーがいう。「ノアを怒《おこ》らせることだけ考えて」

青チームが波にのりはじめた。一度だけ、サンメイがロクサーナのシュートを好セーブして、ハーフウェイラインまでボールを投げたとき、ぼくにチャンスがおとずれた。

「おい、ノア」ぼくは頭を下げて、ボールをドリブルで運びながら大声をだした。「チャーリーからきいたぞ。おまえはタックルがへたくそなんだって？」

うまくいったようだ。ノアはぶきみな吠《ほ》え声をあげながら、ぼくを追ってくる。

ここまではいい。ぼくはボールをコントロールしながらオリバーをかわし、青チームのペナルティーエリアにむかってスピードをあげた。ノアはすぐうしろまで迫《せま》っている。ノアのソーセージくさい息を首のうしろに感じるほどだ。

「タックルがへただって？　見せてやるよ」

チャーリーはそのつぎに起こることをあらかじめ教えてくれていた。ノアはうしろからぼくの足を刈《か》りにきている。その瞬間《しゅんかん》、ぼくは足をとめて横っとびした。ノアはとまれない。泥《どろ》の上をすべっていった。

ウワーーーーーーーッ!!!

両チームのプレーヤーが彫刻《ちょうこく》のようにかたまった。ただし、ミアとエイバは、かまわずに『ドクター・フー』のことでいい争っている。ノアはぼくの横をすべって通りすぎ……。まっすぐ、コーヘン先生の足にぶつかった。

先生は片足《かたあし》でぴょんぴょんはねながら、あたりをくるくるまわっている。ゴールパフォーマンスの練習をしているわけじゃない。痛《いた》みにたえているんだ。先生はいった。「ペナルティーキック」

「うそだろ」ノアがいった。「先生は審判《しんぱん》だろ。試合には関係ないじゃないか」

「退場《たいじょう》させられないだけ、ラッキーだと思え」

「だけど……」

「審判《しんぱん》の決定はぜったいだ」コーヘン先生はボールを拾いあげ、ペナルティー・スポットにおいた。「よし、このキックで試合終了《しゅうりょう》だ。栄光か地獄《じごく》か。さあ、だれがける？」

赤チーム全員がまたもや彫刻《ちょうこく》のようにかたまった。だれもけりたがらない。ルビーさえも。

ペナルティーキックの心の準備《じゅんび》ができていない、なんていったら、あとでチャーリーがなにをいうかわかったものじゃない。それでぼくは、大きく息を吸《す》って手をあげた。

「ぼくがけります」

「いいの？」ルビーがきいた。

よくはない。でもうなずいた。

「よっしゃ」ノアがいう。「それなら、おれがキーパーやる」

実はチャーリーはそれを予測《よそく》していた。

「いやだよ」サンメイがいう。「そんなのフェアじゃない。ぼくはうまく守ってただろ」

「おれはなんべんもペナルティーキックをセーブしてきたんだ」ノアがいう。「それにキャプテンはおれだぞ。おれが決める」

「はやく決めてくれ」とコーヘン先生がいった。「一日じゅう待ってるわけにはいかないんだ」

ノアににらまれて、サンメイはグローブを手わたし、ペナルティー・エリアから歩き去った。ノアはゴール前に立つと、左右に動いたり、ジャンプしてクロスバーにふれようとしたりした。

「いいな、ジョシュ」コーヘン先生はそういってホイッスルに手をのばした。「お手なみ拝見《はいけん》だ」

これで、ぼくとノアの直接《ちょくせつ》対決だ。

「おまえにゃむりだ」ノアは口笛を吹《ふ》く。「トイレット・モンスターの子どもには、ゴールはむりなんだよ」

ぼくはタッチライン際《ぎわ》のロボットにチラッと目をやった。そして、チャーリーにいわれたことを思い出そうとした。

コーヘン先生がホイッスルをふいた。ぼくはじっとゴールの左すみをにらむ。ぼくは唇《くちびる》をなめると走りはじめた。

チャーリーがいった通りだった。ノアはキックするずっと前に動いた。ぼくの作戦が完璧《かんぺき》にはまった。ぼくがキックする前に、ノアは左にダイブしてありもしないボールに手をのばした。ゴールはがらあきだ。あとは、ちょこんと空のネットにボールをけりこむだけだった。

たぶん、だれもノアの気持ちを逆撫《さかな》でしたくないんだろう。ルビーが「やったね、ジョシュ」といって、サンメイがかくそうとしながらも思わず勝利のスマイルを浮《う》かべた以外に、だれも祝ってはくれなかった。みんな淡々《たんたん》と水のボトルを拾いあげて、ぞろぞろと校舎《こうしゃ》の方に歩きはじめた。

ぼくはタッチラインにかけよって、チャーリーをつかんだ。

「うまくいったよ。信じられない。ありがとう、チャーリー。最高だよ」

「いった通りだったでしょ？」

「これで、ぼくのこと、ほかの子も好きになってくれるかもね」アドレナリンがでまくっている。

「イーサンはどうだった？」

「さあ、よく見てなかった」

「つぎはどうしたらいいと思う？」

「ごめん、ログアウトする」チャーリーがいった。すごく疲《つか》れた声だ。「直接《ちょくせつ》、イーサンと話してみれば？　それと、充電《じゅうでん》忘《わす》れないでね」

「ちょっと、待って、ぼくは……」

チャーリーのライトは消えてしまったので、ぼくはほかの子たちに追いつこうとした。

「いいゲームだったね？」

ミアとエイバはまだ『ドクター・フー』についていい争っている。オリバーはこれまでに食べたキットカットより、バトルゲームで殺《ころ》した人間の数の方が多いといっているし、ハリーはゲップで国歌を歌っている。ゲームについてはだれも話したくないようだ。

サンメイだけはべつで、話したくてうずうずしていたようだ。

「あれは悲惨《ひさん》だったよな、ノアのやつ。だれだってぼくの方がいいキーパーだって知ってるのに」

最初、ノアはひどく動揺《どうよう》して見えた。きっとサンメイにあやまるんじゃないかと思ったけれど、つぎの瞬間《しゅんかん》、ノアはぼくに顔をむけ、歯をむきだしにして微笑《ほほえ》んだ。

「いいや、悲惨《ひさん》だったのがだれか教えてやるよ。それはな、イカれたロボットだけがたったひとりの友だちってやつだよ！」

＊　＊　＊

「それで、おまえが決勝ゴールを決めたんだな？」父さんがいった。

「うん、まあ」

「すごいよな、ウィロー」

「すごい！」

「ありがと」

父さんはストライプ柄《がら》のニット帽《ぼう》をひっぱりながらいった。「あんまりうれしそうじゃないな、ジョシュ」

「チャーリーはプレーした？」チャーリーのことが気になってしょうがないウィローがきいてきた。

「いいや」

「ああ、そういえば」父さんがいった。「つぎの日曜日にウィローの友だちふたりといっしょに……」

「ジェイクとサリだよ」

「そう、そのふたりとシー・ライフ・センターにいくんだけど、チャーリーもさそったらどうかな？」

「なんか用事があると思うよ」

「ああ、でも、きくだけきいてみれば？」

ありがたいことに、ノーマンが庭をまもるように立っていた。杖《つえ》をふりまわしながら、ヨタヨタと近づいてくる。「きょうは、ポテチの袋《ふくろ》は自分で持っておけよ。ここに捨《す》てさせたりはしないからな」

「捨《す》てるわけないじゃん」ウィローがふくれっ面《つら》でいった。「ウォームディーン小学校はエコ・スクールなんだからね。ゴミはできるだけへらして、再《さい》利用して、リサイクルするんだから！」

ぼくはまだ、ノーマンに「友だちみんなとスカイプできるよ」といってしまったことがうしろめたかった。そのせいで、ノーマンの目を見ることができなかった。

運が悪いことに、ノーマンはぼくの目を見たようだ。

「おや、おまえじゃないか。おれにコンピューターのことを教えたがってた天才くんだ。おい、きょうはちっちゃなお友だちはどうしたんだ？」

「えっと、あの子は……」ノアのことばがまだ頭からはなれない。イカれたロボットだけがたったひとりの友だちだってことを、説明したい気分じゃない。「さようなら、ノーマン。またあした」

ウィローがまたいつもの疑《うたぐ》り深い顔になっていった。

「ねえ、ジョシュ？」

「なんだよ」

「もしかして、チャーリーは『空想のちっちゃなお友だち』なの？　シルバニアファミリーとかポーリーポケットみたいな」

「ちがうよ」そうはいったものの、その方がまだいいのに、とぼくは思った。

19

あの試合で決勝ゴールを決めてから、一週間以上たった。あれで、いろいろなことがすこしはよくなるんじゃないかと思っていたのに、実際《じっさい》には悪くなってしまった。ノアはあいかわらず、ぼくをコケにする。イーサンになにかおもしろいことをいおうとするたびに、悲惨《ひさん》なジョークしかでてこない。そして、不安だらけのあの感じがまたはじまってしまった。なので、休み時間には校庭にいかなくなった。チャーリーはいまになにもかもがうまくいくといいつづけている。でも、ぼくはもう、チャーリーを信じていない。

「父さんがいってたよ、今晩《こんばん》のジョシュはサッカーゲームでぼくをコテンパンにしたい気分にすらなれないみたいだ、って」母さんがぼくのサッカーボール型《がた》ライトをつけて、その横に湯気のたつマグカップをおきながらいった。「というわけで、父さんがこれを持っていけって。チョコスプレーがどっさりかかってるね」

母さんはベッドに腰《こし》をおろして、ぼくがしゃべりだすのを待っている。

眠《ねむ》ったふりをしてもだませるわけがない。ぼくは目をあけてホットチョコレートのにおいをかいだ。いつもなら元気がでるにおいなのに、いまは気分が悪くなった。

「ありがと、母さん」

「それと、これはウィローから」そういって、王冠《おうかん》をかぶったウサギらしき絵を手わたした。ウサギの下には「デイブ王」と書かれている。

「すごいね」

「寝《ね》るにはちょっと早いんじゃない？　いつもなら、わたしが仕事から帰るまで、下で待っててくれるのに」

ぼくはホットチョコレートをひと口すすって、尋問《じんもん》にそなえた。

「ごめん、母さん。きょうはすごく疲《つか》れてるんだ」

母さんはハリー・ケインとラヒーム・スターリングのポスターを見つめた。どこから話しはじめようか考えているようだ。

「ええと……父さんから、つぎのワンマンショーについてなにかきいてる？」

「きいてないけど」

「どうしてなんだかさっぱりわからないんだけど、そのショーのこと、父さんは『なにもかもがウサギで解決《かいけつ》するわけじゃない』って呼《よ》んでるの。ショーの内容《ないよう》については全部教えてくれたんだけどね」

すくなくとも、学校でなにがあったのかをきくつもりはないみたいだ。

「テーマは？」

「孤独《こどく》ですって」母さんは首にかけたままのネックストラップを、人差し指にまきつけながらいった。

「おかしいでしょ？　だって、父さんのショーはいつだってコメディなのに」

「うん、そうだね」どうして父さんのショーの話をしたいのかよくわからない。でも、すぐにわかった。

「ジョシュはどうなの？　あなたは、その、孤独《こどく》じゃない？」

「いや、べつに」でも、母さんはそれであきらめたりはしない。

「実はね……父さんもわたしも思ってたことなんだけど、最近のジョシュはいつものジョシュらしくないよね？」

「そうかな？」

バスルームからキーキーいう笑い声がきこえてきた。

トイレット・モンスターが、ウィローに歯のみがき方を教えているんだ。母さんは電動歯ブラシの音に耳をすました。

「父さんからきいたわ。けさは、また腹痛《ふくつう》がはじまったんだって？　学校でなにかあったの？」

「学校は問題ない」ぼくはピノキオみたいに鼻がのびて、毛布《もうふ》のはじからつきでるのを見られませんようにと祈《いの》った。「いったでしょ、ちょっと疲《つか》れてるだけだから」

「ほんとに？　コリンズ先生がいってたよね？　困《こま》ったときに心にためこむのはよくないって」

母さんが心配すればするほど、ぼくも心配になってくる。母さんは警官《けいかん》だとしたらダメダメだけど（制服《せいふく》もサイレンの音も大きらいだし）、いつも最後にはぼくから真実をひっぱりだす。

「学校はちょっとばかり問題かもしれない。ノアってやつがいるんだけど、そいつはぼくのこと、すごく好きってわけじゃなくてさ」

「いじめられてるってこと？」母さんの声には怒《いか》りと恐《おそ》れが奇妙《きみょう》にまじりあっていた。「あしたの朝イチでライト先生にメールする。面談を申しこむからね」

「だめ！　それはやめて！　そんなにひどいってわけじゃないんだ。それにノアだけが問題なわけじゃないし。なんていうか、問題なのはなにもかもで……」

母さんはメガネをおでこまでおしあげて、目をこすっている。

「クラスのほかの子はどうなの？　みんなすごく感じがいいっていってなかった？」

ぼくはもうひと口、ホットチョコレートをすすった。父さんもぼくのこと、すごく心配しているみたいだ。マシュマロが五つもはいっているんだから！

「みんないい感じだよ。だけど、転校したては、だれだってちょっとたいへんなものだから。みんなは、はじめから友だちなんだしさ」

「チャーリーはどうなの？　すてきな子みたいじゃない」

これまでぼくがいったのは、名前と女の子ってことだけだ。なのに、いったいぜんたいどうして「すてきな子」なんてことになってるんだろう？

「うん、チャーリーは……いい子だよ」

「それで、チャーリーにはいつ会えるの？」母さんはとつぜん「ミッションを帯びたママ」モードになっていった。「いつだって招待《しょうたい》してくれていいのよ。いまのわたしは職場《しょくば》ではボスだから、早く帰ってきてあなたが食べたいものを作ることだってできる。そうだ、チャーリーはチキン・トルティーヤは好きかな？　ちょっと待って、ビーガンってことはないよね？」

この場面で、ぼくのただひとりの友だちは「イカれた」ロボットだなんていえるはずがない。それでなくても母さんは心配してるのに。

「それは知らないな」

「でも、いっしょにランチを食べてるっていってなかったっけ？」

「うん、まあ。でも、学校の食堂《しょくどう》の料理が好きなやつなんている？」

「ヒヨコ豆のカレーはおいしかったっていってたよね？」

母さんにはかなわない。ぜったいあきらめないんだから。

「じゃあいうけど、チャーリーは好きだけど、家に招待《しょうたい》するつもりはないから」

「チャーリーが女の子だから、じゃなくて？」

そんな単純《たんじゅん》な話ならいいのに。「もちろんちがうよ」

母さんはだまりこんだ。耳にはいってくるのは、遠くからきこえるトイレット・モンスターのベッドタイムストーリーと新保健所長《しんほけんじょちょう》の咳払《せきばら》いの音だけだ。

「わたしはね、いまでも思うの。セント・アンドリューズ校のときにも、なにかできることがあったんじゃないかって。ほら、あの子とのことで……」

母さんはまさかあいつの名前をだしたりしないだろうな？　一年以上前のことだけれど、あいつのことを考えるだけで、いまでも体じゅうがふるえる。母さんもそれはわかっているはずだ。

「あの子ってだれだか、わかるよね？」

「その話はしたくない」

母さんの笑顔《えがお》には心配と希望が奇妙《きみょう》にまじりあっている。

「うん、わかった。だけど、約束して。もしまた、いろいろなことが不安になりはじめたら、かならずいうのよ」

もう、ちょっと手おくれだ。でもぼくは答えた。「うん、そうするよ、母さん」

「それと、もしわたしにも父さんにも話したくなければ、ライト先生と話せばいいんじゃないかと思う。それかチャーリー？　いまはまだ、チャーリーを家に呼《よ》びたくないのはわかったけど、おなじ年ごろの子と話すのはいいかもよ」

「うん、わかった。かならずチャーリーに話すよ」

「おやすみ、ジョシュ」母さんはそういうと、ぼくの頭のてっぺんにキスをして、サッカーボール型《がた》ライトを消した。「あしたの朝は会えないの。あしたの学校、楽しいといいね」

母さんは正しい。ぼくはチャーリーと話さなくちゃ。チャーリーといっしょにすごすランチタイムは、たったひとつの楽しみだ。でも、やっぱり最初に思った通りなのかもしれない。ロボットと友だちになることで、たいへんな目にあうってことは。もしかしたら、そろそろチャーリーに伝えるときなのかもしれない。もう、これ以上はつきあえないって。

そのいっぽうで、ノアがいう通り、ぼくにできた友だちはチャーリーだけというのも悲惨《ひさん》だ。いったい、ぼくはどうしたらいいんだ？　ぼくは目をとじて深呼吸《しんこきゅう》をはじめた。コリンズ先生に教えてもらった通りに。鼻から四秒息を吸《す》い、七秒とめて、フーッと音をだしながら、八秒かけて口から吐《は》く。

「フーーーーッ」

ぜんぜん役に立っていない。必死になって「あること」を考えないようにすればするほど、そのことしか考えられなくなるのはどうしてなんだろう？　いまも、たったひとつの質問《しつもん》が、頭をぐるぐるかけまわっている。

「チャーリーに話すべきか、話さないでおくべきか？」

そんなわけで、ウィローがノックもせずにぼくの部屋にはいってきたときには、今度ばかりはすごくうれしかった。

「ハイ、ジョシュ。わたしの絵、受け取った？」

「うん、ありがと。あれは……」

「どうして、ベジタブル・ラザーニャを食べなかったの？　すっごく好きなくせに」

「さあね、おなかがすいてなかったんだよ」

ぼくのおさがりのスパイダーマンのパジャマを着たウィローが近づいてきた。

「デイブがいってるんだ。ジョシュはなにかを心配してるって」

「じゃあ、そのマヌケなウサギに伝えといてくれ。ほっとけ！　てな」

ウィローは上唇《うわくちびる》についた歯磨《はみが》き粉《こ》をなめた。

「デイブはいってたよ。ジョシュはまたロッティのことを考えてるんじゃないかって。どうなの？」

なんでウィローにわかったんだ？

20

　つぎの日の朝には、心は決まっていた。ぼくたちは友だちにはなれない、とチャーリーに伝えるんだ。その決心のせいで、ぼくはあきらかに落ちこんで見えたようだ。というのも、ウィローがハリソンとレイキーといっしょに校舎《こうしゃ》にはいっていったあと、父さんが職員室《しょくいんしつ》までついていくといってきかなかったからだ。

「ジョシュ、ほんとうに、なにも問題ないのか？　もし、なにかあるのなら、いつだってライト先生と話すよ」

「だいじょうぶだよ、父さん。問題ないから」

　それはほぼほんとうのことだった。ノアが紙切れをふりながら校庭を横切って近づいてくるまでは。

「すいませーん、ジョシュのおとうさん」ノアは息をきらせながらいった。「これにサインしてもらえませんか？」

「ああ、いいよ」父さんはそういいながら、「もしものとき」のためにいつも持ち歩いているサインペンをとりだした。「宛名《あてな》はどうする?」

「ノアに、で」ノアはモナ・リザも真っ青のうそくさい笑顔《えがお》をぼくにむけた。「それと、『トイレット・モンスターより』って書いてほしいんだけど」

「うん、わかった」父さんはサラサラとサインして、ノアに紙を返した。「だけど、ほかの役もやってるんだよ。『主任警部《しゅにんけいぶ》モース』じゃあ、三話で病理医学者の助手をやってる」

「そんな番組知らないなあ」

「まあ、いいか」父さんはトイレット・モンスターのサインを指さしてきいた。「で、それはどこに飾《かざ》るのかな?」

「そんなの決まってるだろ」ノアは玄関《げんかん》前の階段《かいだん》をかけのぼりながらいった。「もちろんトイレに流すんだよ!」

父さんはちょっとばかり複雑《ふくざつ》な表情《ひょうじょう》だ。「えっと、それはなんというか……」

「じゃあ、いくね、父さん。またあとで」

＊　＊　＊

一時間目は算数だった。ライト先生はだれかが手をあげて、問題をといてくれるのを待っていた。

「チャーリーにきけばいいだろ」ノアがいった。「ロボットってのは、数字に強いんだろ？」

「バカなことといわないで、ノア」先生はいった。「この分数を小数にできる人？」

ルビーが手をあげた。

「はい、ルビー」

「チャーリーが算数がすごく得意《とくい》っていうのはほんとうです。どうして、チャーリーは答えないって決めつけるんですか？」

たしかにその通りだ。チャーリーはほとんどの授業《じゅぎょう》にブルーのライトをつけて参加している。授業《じゅぎょう》はきいているけれど、発言するつもりはないという意思表示《ひょうじ》だ。でも、チャーリーがみんなの前で話をしてくれれば、ぼくの立場ももうすこしよくなるかもしれない。

「代わりに、チャーリーの新しい親友にきけばいい」ノアがいった。「ロボットとしゃべる方法を知ってるのは、クラスでこいつだけなんだから、な、ジョシュアちゃん？」

クスクス笑いが教室じゅうにひろがった。ぼくのほしい特殊能力《とくしゅのうりょく》のツートップは空を飛ぶことと、水のなかで息をすることだったけれど、いまはそんなことより、透明《とうめい》人間になる能力《のうりょく》がほしい。

「ノア、いいかげんにしなさい！」これまで、一度もどなり声なんかあげたことのないライト先生がいった。「ジョシュとチャーリーにあやまってちょうだい。でも、その前に、そのニタニタ笑いをやめなさい。これは笑える話なんかじゃないんだから」

チャーリーはいつだって好きなときに透明人間《とうめいにんげん》になれる。ライトはすべて消えてしまった。ログアウトしたってことだ。

ノアの謝罪《しゃざい》のことばは、そのうそくさい笑顔《えがお》以上にうそくさかった。

「ふたりとも、ごめんよ。傷《きず》つけるつもりなんかなかったんだ。それから、ジョシュアがロボットと話せるっていったのもごめん。あれはただの冗談《じょうだん》だから」

ライト先生は怒《いか》りにまかせ、大きな音をたててパソコンのキーをたたいた。電子黒板に白黒写真があらわれた。駅に立つ、みじめな姿《すがた》の子どもたちの写真だ。

「はい、休み時間まであと三十分あります。みんなに書いてもらった『疎開児童《そかい》の手紙』を何人かに読んでもらいましょう。最初はノア」

ノアが読みはじめた。

「父さん、母さんへ。きのう、サッカーの試合で村の子どもたちのチームに八対〇で勝ちました。八点は全部ぼくの得点《とくてん》です。この村はどこも牛のウンチ臭《くさ》くて、ローリングズ先生はぼくたちに編《あ》み物を教えてくれます」

ぼくは手のひらにびっしょり汗《あせ》をかいていて、いまにも吐《は》きそうだった。まるで駅の疎開《そかい》児童みたいだ。ベルが鳴ったらすぐに、チャーリーに話すつもりだからだ。

三十分はどんどんすぎていく。気づいたら、ルビーが休み時間前最後の手紙を読んでいた。

『『……それから、ハンカチを送ってくれてありがとう。うれしく使っています。お母さん、会えなくてさびしいです。戦争が終わってまた会える日が待ちきれません。あなたの愛する娘《むすめ》、ルビーより』百万回のキスを送りますというマークもつけました」

「ありがとう、ルビー。すばらしいわ」ちょうどベルが鳴って、ライト先生はほっとしたようだ。

「つぎの授業《じゅぎょう》では、編集《へんしゅう》によってどれほど文章がよくなるのか、話しますね。ああ、それと、演劇《えんげき》クラブの話もさせてもらいます」

三十秒後には生徒はみんな校庭にではらった。その三十秒後に、チャーリーのライトがついた。

「さっきはごめん。ノアがあんまりウザいから、クイズ番組でも見てた方がましかなと思って」

すぐにうまく返事をするのって、なんてむずかしいんだろう。時間をまきもどして、編集《へんしゅう》してから話せればいいのに。「ああ、うん」

「どうかした？」チャーリーがいった。「また夜ふかししてゲームでもやってた？　すごく疲《つか》れてるみたいだけど」

よし、ちゃんというぞ。

「やっぱりうまくいかないよ」

「どういうこと?」

「きみがぼくを助けようとしてくれてるのはわかってるよ、チャーリー。でも、状況《じょうきょう》はますます悪くなってる」

「なんの話?」

ぼくはゴクンとつばを飲みこんだ。

「コーヘン先生のサッカークラブも、ノアが投げたポテトをキャッチしたことも、イーサンにつまらないジョークをいったことも、全部事態《じたい》をよくするはずだったよね?」

「心配ないって」チャーリーはそういって、首をぐるっと一回転させた。なにかに興奮《こうふん》でもしているみたいに。「きのうの夜、ずっと考えて、すごいアイディアが浮《う》かんだんだ」

「ちょっと、待って。ちゃんときいてる?」

「ほかの人たちのことを知るための、完璧《かんぺき》な方法だよ。ジョシュにもぜったい気に入ってもらえるから」

「なんなのさ、それ?」

チャーリーのスピーカーが、ドロドロという変な音を立てた。きっと、ドラムロールのつもりだろう。

「ライト先生の演劇《えんげき》クラブに参加するんだよ！」

それは、最悪のアイディアだ。カメラのついていないスマホより、スライスしていない食パンより、もっと悪い。あんまりひどすぎて、一瞬《いっしゅん》、チャーリーに話そうとしていたことを忘《わす》れてしまったぐらいだ。

「ありえないよ」

「だけど、ジョシュのお父さんは俳優《はいゆう》なんだよね？　きっとジョシュもむいてるはず」

「それはもういい。ぼくはやらないから」

「どうして？」

『スクルージのロックンロール・クリスマス』のことはぜったいに話したりしない。あれのことを考えるだけで、いまでもいやな汗《あせ》がでてくる。いや、でもチャーリーに話してしまえば、そのつぎのステップが楽になるかもしれない。「どうしてかっていうと、前の学校でいやなことがあったから」

「ああ」チャーリーがいった。「それは……どんなこと？」

「クリスマスに劇《げき》をやったんだけど、ぼくはすごく調子にのってた。セリフを完全に覚えてたのは、四年生でぼくだけだったから」

「うん」

「だけど、実際《じっさい》に劇《げき》がはじまると、ぼくはものすごく怖《こわ》くなって、最初の出番で、一歩も動けなくなってしまったんだ」

「そうか……そうだったんだ」

「でも、最悪なのはそのあとなんだ」ぼくはチャーリーに顔を見られるのがいやで、顔をそらした。

「セリフをいおうと口をひらいたぼくは……口をひらいたぼくは……ステージじゅうにゲロを吐《は》きちらしちゃったんだ」

「どうしてそんなに緊張《きんちょう》したの？」

「それは……」チャーリーに話してしまいたい。あいつの……あいつの……でも、いまもまだ、あいつの名前を口にすることができない。「その理由はどうでもいいんじゃないかな？　わかってるのは、なにかについて不安になりだすと、思い浮《う》かぶのはそのことで、二度とおなじような目にあいたくないってこと」

最初は、Wi-Fiがダウンしたのかと思った。でも、チャーリーの頭がまた動きはじめた。

「ジョシュがそんな気持ちになっちゃうことには、心から同情《どうじょう》する。だけど、演劇《えんげき》クラブはべつだと思う。あれはゲームみたいなものだから。何度かいってみたことがあるんだけど……すごく楽しかった」

信じてもらえるかどうかわからないけど、ぼくにも俳優《はいゆう》になりたいと思っていた時期があった。その当時、父さんがぼくをコーンフレークのコマーシャルにだそうと、撮影現場《さつえいげんば》につれていったことさえあった（ぼくたちは親子に見えないという理由で、出演《しゅつえん》はできなかったけど）。

「ねえ、きいて。ぼくはいきたくない。わかった？」

「いっしょにいくとしても？」

ぼくの気持ちをやわらげようとしているのかもしれない。

「かえってやっかいなんじゃない？　きみはぼく以外とは話すつもりがないのに、演劇《えんげき》クラブにいく意味なんてある？」

「ごめん、やっぱりむりだ」

「だよね。ぼくも演劇《えんげき》クラブはむり」

「それとこれとはべつだよ」

「どんなふうに？」

「ただ、べつだってこと。でもいまはそのことは話したくない」チャーリーがいった。

いまがチャンスだと思った。気持ちが変わる前にいまここでいってしまおう。

「問題はそこなんだよ、チャーリー。きみもノアがいってたこと、きいてたでしょ？『ロボットとしゃべる方法を知ってるのは、クラスでこいつだけなんだから』っていってるの。ぼくが四六時中《しろくじちゅう》きみといっしょにいるとしたら、ぼくはいったいどうやってほかの友だちを作るっていうんだよ?」

「なんの話?」

つぎのことばは、百万回もリハーサルしてきた。なのにどうして、あわれっぽいつぶやきみたいになってしまったんだろう?

「ぼくはもう、きみの相棒《あいぼう》でいたくない」

もし、チャーリーに「びっくりぎょうてん」モードの目があったなら、きっといま、そのスイッチをおすだろう。

「え?」

「チャーリー、ごめん。きみのことは好きだよ。でも、そのせいでまたパニックがはじまりそうなんだ。だから、きみとははなれた方がいいと思う」

「どこにいくの?」

涙《なみだ》がこみあげてきた。だれにも見られないところをさがさなくちゃ。

「おしっこ。休み時間のあとで、また」

21

ランチタイムまであと二分なのに、ライト先生はおなじことばを何度も使うのはだめだといいつづけている。

「わかるかな、サンメイ？　ちょっとたいくつだと思わない？　『ファンタスティック』ということばが、もう三回もでてきてる。サッカーの試合での『ファンタスティックなセーブ』をなにかべつのことばにしてみない？」

「ラッキーってのは？」ノアがいった。

「いいですか、いつもただ語るのではなく、目に見えるように伝えることを心がけてください」今回はノアを無視《むし》することに決めたようだ。「ただ『すごくみじめ』というのではなく、お母さんからの手紙を枕《まくら》の下にしまうまで眠《ねむ》れないとか、爪《つめ》をかみはじめたとかいったぐあいに」

「それか、たったひとりの友だちはロボットとか」ライト先生にはきこえないほど小さな声でノアがいった。

もう、うんざりだ。チャーリーはぼくがもう相棒《あいぼう》ではいたくないと告《つ》げて以来、ピクリとも動かない。とてもうしろめたい気分だ。というのも、そもそもぼくはチャーリーの問題を知りもしないんだから。何か月も学校にこられないのだから、とても深刻《しんこく》な問題があったはずなのに。でも、そうだとしても、これがいちばんの方法だと思っている。

「はい、みなさん」ライト先生がいった。「授業《じゅぎょう》の最後に、すっごくいいことを話しますね」

ルビーがパッと手をあげていった。「赤ちゃんができたとか？」

ロクサーナも手をあげた。「子ネコがうまれるとか？」

「残念ながらちがいます。きょうの放課後、演劇《えんげき》クラブにきてくれる人が何人いるか知っておきたいんです」

十人ほどの手があがった。そのうちのひとりはノアだ。それを見て、すくなくともぼくの判断《はんだん》は正しかったと確信《かくしん》した。

「すばらしいわ」ライト先生がいう。「でも、あと二、三人はいいですよ。すごく楽しいから。そうよね、イザベル？」

イザベルは熱心にうなずいている。「それに、自分で衣装《いしょう》を持ってくれば、制服《せいふく》を着なくていいし」

「お楽しみはたっぷりあります」とライト先生。「即興劇《そっきょうげき》でしょ、トラストゲームもあるし、ストリートダンスも。残念ながらバイデン先生のエコ・クラブに移《うつ》った生徒が何人かいるので、新しいメンバーがぜひ必要なんです。どうですか？　やってみたい人は？」

ざっと見たところ、だれもいないようだ。

そのとき、信じられないようなことが起こった。

ルビーがまたまっすぐ手をあげた。「ライト先生、ライト先生、見て！」

「どうしたの、ルビー？」

「チャーリーです。ライトが点滅《てんめつ》してる。これって、チャーリーが手をあげてるってことですよね？」

「ほらな」ノアがいった。「こいつはしゃべれるっていっただろ？」

ライト先生もびっくりしているようだ。先生はとぶように走ってきて、チャーリーをチェックしている。

「ハイ、チャーリー、なにか質問《しつもん》があるの？」

「はい、ライト先生」その声は小さくて、すこしふるえていた。

「もっとデカい声で！」ノアが叫《さけ》んだ。「きこえないだろ！」

だれもノアには関心を持っていない。ウォームディーン小学校はじまって以来はじめて、しのび足のネズミの足音だってきこえるぐらい、教室は静まり返った。だれもが、ピカピカの白いロボットを見つめている。

「なにかいいたいことがあるのね、チャーリー」ライト先生がいった。

「今晩《こんばん》の、演劇《えんげき》クラブにいっていいですか？」

小さなどよめきの輪が教室じゅうにひろがった。二度も！

「もちろん！」ライト先生はいった。「すごく楽しみよ、チャーリー」

チャーリーが教室で話すなんて信じられなかった。いったいぜんたい、なんだってチャーリーは演《えん》劇《げき》クラブなんかにいきたいんだ？

チャーリーのライトがまた点滅《てんめつ》した。「ほかにもあるんですけど、先生」

「ええ、なに？」

「相棒《あいぼう》がいないとちょっとたいへんだと思うので、ジョシュがきてくれないのなら、演劇《えんげき》クラブにいくのはやっぱりむりだと思うんです」

心臓《しんぞう》が冷たいゲロ用のバケツにとびこむような衝撃《しょうげき》を受けた。

ライト先生はそのアイディアがすっかり気に入ったようだ。

「それなら、だいじょうぶだと思うわ。あなたのお父さんは俳優《はいゆう》さんだったわよね、ジョシュ？」

「トイレット・モンスターだよ」ノアがつけたした。

「クールね。それで、あなたはどう、ジョシュ？　なかなかのアイディアだと思わない？」

はいはい。とんでもなくひどいアイディアです。でも、そういうよりも、もっといいことを思いついた。

「すみません、ぼくはむりです。俳優《はいゆう》として最悪のことなんですけど、父さんが、父がスマホをなくしちゃって、おそくなるって伝えられないんです」

「それならだいじょうぶ」ライト先生がいった。「チェックランド先生におねがいして、あなたの妹さんを迎《むか》えにきたとき、お父さんに伝えてもらうから。妹さんはウィローっていったわよね？」

「ええ、はい、でも……」

「すばらしいわ！　いまから楽しみ！」

それはノアもおなじだったようだ。

「やったね。ロボットとその大親友が演劇《えんげき》クラブにくるぞ。すばらしい！」

ぼくは必死でべつのいいわけを考えた。でも、頭が真っ白だ。こうなったら、ほんとうのことをいうしかない。

「あの、すみません。でも、ぼくは演劇《えんげき》クラブにはいきません。父さんに伝えられないからじゃなくて、ぼくがいきたくないからです。いいですよね？」

ようやくぼくにも運がむいてきたようだ。その瞬間《しゅんかん》に終業のベルが鳴ったからだ。真っ先に教室をとびだしたのがぼくだったのは、いうまでもない。

22

ぼくはものすごくみじめだった。なにもかもがよくなるはずだと思ったし、最後にはそうなると思っていた。なのに、いまこの瞬間《しゅんかん》、これまでに一度も感じたことがないほどさびしかった。ランチタイムは、一日のうちで唯一《ゆいいつ》、楽しみにしていた時間だったのに、チャーリーといっしょでないと、ぼくにできるのはハンバーガーとベイクドポテトをとって、だれにも気づかれないように祈《いの》りながら、マインクラフトの話題で盛《も》りあがっている五年生のテーブルにこそこそかくれることだけだった。

「バカじゃねえの。斧《おの》の方がずっと強力だぞ」

「クリーパーを爆発《ばくはつ》させるべきだったんだよ」

「それにしても、なんで食糧《しょくりょう》も剣《けん》も持たないで洞窟探検《どうくつたんけん》するんだよ？」

もっと最悪なのは、そこにあと三十分もいなくちゃいけないってことだった。教室にはもどれない。もう相棒《あいぼう》でいたくないといったことで、チャーリーから責《せ》められるかもしれないからだ。そして、もう一度校庭にでていく心の準備《じゅんび》はできていない。すくなくとも、イーサン用にすごく笑えるジョークをいくつか思いついて、外にでるたびにぶるぶるふるえるような気持ちにならなくなるまでは。たいくつで死んでしまうリスクに耐《た》えて、食堂《しょくどう》の見張《みは》り役の注意をひかないようにするしかない。

「そうだな、でも、おまえがダイヤモンドアックスを持ってるとしたら?」

「それでゾンビはイチコロだな」

チャーリーならきっとおもしろいジョークを思いつくだろう。それでぼくは、チャーリーがいっていたおもしろい話を思い出そうとした。ツナ・マヨネーズのこととか、コーヘン先生の審判《しんぱん》のテクニックとか、学校の菜園、それに本物とは似《に》ても似《に》つかないサッカーゲームの選手とか、スマートスピーカーでアレクサにすごく下品なことばをいわせたこととか……。ぼくは自分で気づかないうちに大声で笑ってしまったようだ。というのも、テーブルのむこうがわでマインクラフトの話をしていた五年生のひとりが、自分のことばを笑ったのかとかんちがいしたようだったから。

「笑うところじゃないんだけど。ぼくは大ピンチなんだよ」

「ごめん、きみのことを笑ったんじゃないんだ。思い出し笑いっていうか、知り合いの女の子がいったことを考えてたものだから」

ほんのしばらくのあいだだけれど、ぼくの気分はちょっと晴れた。でも、だれかが、ぼくの背中《せなか》を指でぐいぐいつついている。

「なんだよ？」ぼくはそういった。お泊《と》まり会へのお誘《さそ》いじゃなさそうだ。

「おまえがだいじょうぶかどうか、たしかめにきたんだよ」ノアがいった。「だよな？」

なんてこった、イーサンもいっしょだ。イーサンはすごく困《こま》った顔をしている。「うん、そうだな。だいじょうぶ？　ジョシュ」

イーサン用の即席《そくせき》ジョークがあればいいのに。「うん、だいじょうぶ」

「そいつはよかった」ノアがいった。「おれたち心配してたんだぜ。おまえは、ほら、落ちこんでるんじゃないかってな」

五年生のマインクラフト小僧《こぞう》たちさえもが、ぼくをあわれんでいるみたいだ。

「どういう意味だよ？」

「ほら、おまえはいちばんの親友とおさらばしたんだろ？」同情《どうじょう》している気配もない声でノアがいった。「これでおまえとランチを食べたがるやつはひとりもいなくなったんだからな。ロボットさえもな」

ノアがどう思おうと知ったことじゃない。怒《いか》りで血が沸《わ》き立つように感じたのは、イーサンの顔に浮《う》かぶニヤニヤ笑いを見たからだ。

「ぼくのことは、ほっといてくれないかな？」

ノアは「おれ、なんかいったか？」という顔をイーサンにむけた。

「どっちみち、おまえはまちがってないさ。チャーリーはロボットにしても最悪だからな。ただし、おれたちはリアルなチャーリーにも会ってるからな。な、イーサン？　リアルなあいつは何億倍も最悪だったな」

「そんなことない」ぼくはささやいた。

「自信なさそうだな」ノアがいう。「まあいいさ。もしおまえがチャーリーのお友だちだっていうんなら、なんでいっしょに演劇《えんげき》クラブにこないんだ？」

この挑発《ちょうはつ》にぼくの口からでてきたのは、怒《いか》りに満ちたどなり声だった。

「だれが、いかないっていった？」

マインクラフト小僧《こぞう》たちはびっくりぎょうてんしている。ノアさえも、おどろいて口をあんぐりあけている。こんなふうにだれかにむかってどなるなんて、ぜんぜんぼくらしくない。だけど、その結果、どうなったと思う？

すっごくいい気分だった。

23

「ほんとに、それでいいの？」充電器《じゅうでんき》からはずして、脇《わき》の下にかかえるとチャーリーがいった。

「よくはない」

「きっと、うまくいくから。約束する」

ロンドン大空襲《だいくうしゅう》で焼けるセントポール大聖堂《だいせいどう》の木炭画の前を通りすぎるとき、ぼくの左目はすでにピクピクけいれんしはじめていた。「そうなればいいけどね」

「でも、どうして気が変わったの？」

「それは、ええと……」ノアのことを話したってしょうがない。どっちみち、すごく緊張《きんちょう》している。

「なんでだろう。きみがすごく楽しいっていったからかな？」

「うん、ほんとに楽しいから」階段《かいだん》をおりて、講堂《こうどう》に近づくと、チャーリーの声はあんまり自信がなさそうになってきた。「ちょっと待って、ジョシュ。いそいで、髪《かみ》の毛を直すから」

「なにいってんの？　だれにもきみの姿《すがた》は見えないんだよ」

「おねがい、ジョシュ。ほんの数秒でいいから」

それでぼくはドアの前で、コリンズ先生に教わった呼吸法《こきゅうほう》をやってみることにした。チャーリーのスピーカーからもぼくとおなじようなひび割《わ》れた変な音がきこえて、気持ち悪かった。チャーリーもぼくとおなじことをやってるんだ。

「フーーーーーーーーッ！」

「フーーーーーーーーーッ！」

「うん、ＯＫ」チャーリーがいった。「いこう、ジョシュ。レッツゴー！」

ドアをおしあけたあとのことまでは考えていなかった。

「ハイ、ようこそ、おふたりさん」ライト先生がいった。「ふたりいっしょにきてくれて、すごくうれしい。そんなに緊張《きんちょう》しなくていいからね、ジョシュ。演劇《えんげき》クラブは自分を解放《かいほう》して楽しむのが目的だから」

自分を解放《かいほう》するというのが楽しそうにはきこえないけれど、なんとか微笑《ほほえ》んで、ボソッといった。

「おもしろそうですね」

「チャーリーはどう？」ライト先生がいった。「バーチャル・演劇《えんげき》クラブなんて、すごく斬新《ざんしん》よね。

でも、むりはしないで、できる範囲《はんい》で参加してね」

「そうします」チャーリーがいった。深呼吸《しんこきゅう》は効果《こうか》があったみたいだ。「すごく楽しみです」

ノアは耳のうしろにひろげた手を当てていった。

「もっと大きい声で！　きこえないぞ。ここは演劇《えんげき》クラブなんだからな。先生、チャーリーはボイストレーニングを受けた方がいいんじゃないの？」

「だまんなさいよ、ノア」そういったのはルビーだ。「チャーリーがまた参加しはじめたのは、すごくいいことだと思う」

賛成《さんせい》のつぶやきが演劇《えんげき》クラブ中にひろがった。

ノアはカンカンに怒《おこ》っている。

「それでは、みんな、輪になってください」ライト先生がいった。「ジョシュ、チャーリーはステージの上においてちょうだい。そこからだと、よく見えるから」

できれば脇《わき》の下にかかえたままにしておきたかった。父さんがいうには、演技《えんぎ》でいちばんむずかしいのは、手をどう動かすかってことなんだそうだ。それと、九九・九パーセントの効果《こうか》をほこる殺菌《さっきん》スプレーガンをあびたなら、息をしないこと。

「心配しないで、ジョシュ。だいじょうぶだから」ステージにチャーリーをおくとそういった。「でも、ノアからは目をそらしちゃだめだからね。さあ、足を折って《ブレーク・ア・レッグ》！」

「なんだって？」

「役者はいうでしょ？　グッドラックの意味で」

「それでは、準備《じゅんび》運動からはじめましょう」ライト先生がいった。「両手をあげて、ブラブラふって！　すてきよ、ミア。つぎは足をブラブラ。チャーリーも家でやってね！　今度は頭と肩《かた》もいっしょにゆらす。すごいよ、アンジャリ！　はい、フラフープをしてるつもり！　すばらしい！」

チャーリー以外の演劇《えんげき》クラブのみんなは、地震《じしん》でゆれるゼリーみたいにブルブルふるえた。

「はーい、ストップ！」ライト先生がいった。「つぎは、ゲームをしましょう」

「顔パスゲーム」と「泥《どろ》んこ鬼《おに》」はすごく楽しかった。ただ、ノアはぼくを「泥《どろ》んこ」につき落とそうとしたけど。チャーリーが参加できなくてかわいそうに思った。なので、ライト先生がチャーリーをステージからつれてきて、輪に加えるようにいったときにはうれしかった。

「つぎは、みんなでやる『ストーリー伝言ゲーム』です」ライト先生がいった。

ぼくは両手をお尻《しり》の下にしいて、ふるえをとめようとした。演技《えんぎ》をしなくていいのなら、ぼくはだいじょうぶだ。

「これは、ひとりずつ順番にストーリーを足していくゲームです。自分の分が終わったら、このボールをだれかに投げて、受け取った人がストーリーをつづけます。じゃあ、わたしからはじめましょうね。『王様と女王様はとても悲しかった。ひとり娘《むすめ》のペチューニアが、笑い方を忘《わす》れてしまったから』ルビーがボールを受け取ってつづけた。「『そこでふたりは、かわいそうなペチューニアを笑わせたものに、百万ポンドの賞金《しょうきん》をだすことにしました』はい、つぎはアンジャリ！」

「最初にためしたのはコメディアン。『ばあやが好きなもの』というお芝居《しばい》をしたけれど、ひどいできで、ペチューニアは泣きだした！」

なにを見ても笑えないかわいそうな王女様の物語は、なかなかおもしろかった。ペパロニピザを見ても、ゲップで国歌を歌う男の子を見ても笑えない（女王は大笑い）。ところが、ハリーがノアにボールを投げたせいで、台無しになってしまった。

ペチューニアとはちがって、ノアはいくらでもニタニタできる。

「そこで、今度はロボットを手にいれました。カーリーという名前の、ずっと学校に通っていないロボットです。何か月も何か月も。ペチューニアはたずねました」ノアは甲高《かんだか》い王女様声でいった。

「ねえ、カーリー、あなたはどうして学校にいかないの？　ロボットは答えました……」

ノアはチャーリーにボールを投げつけた。チャーリーはひっくり返ってしまった。

「いいですか、ノア。これが最後の警告《けいこく》です」ライト先生がいった。「これ以上、ふざけたまねをしたら、来週のクラブ参加を禁止《きんし》しますよ」

「すみません、先生。ただのジョークです」

ライト先生はグリーンと黄色の髪《かみ》をグイッとひっぱった。

「だいじょうぶ、チャーリー？　最後までいられそう？　きょうはここまでにして、ログアウトしてもいいのよ」

「だいじょうぶです」チャーリーが答えた。ぜんぜんだいじょうぶそうにはきこえなかったけれど。

「もしかまわなければ、ゲームをつづけます」

「よかった。では、先をつづける前に、とてもすばらしい報告《ほうこく》をします」

ノアがいやらしい笑顔《えがお》を浮《う》かべていった。「トイレット・モンスターがステージの下にかくれてるとか？」

ライト先生は無視《むし》した。「今学期の終わりに、みなさんは、保護者《ほごしゃ》にむけて、新作の劇《げき》を披露《ひろう》します」

講堂《こうどう》に歓声《かんせい》がひびきわたって、つぎつぎと手があがった。

「先生！」

「先生！」

「先生！」

「せんせーい！」

「心配しないで、全員に役がつきますから」ライト先生がいった。「くわしいことは、来週話しますね」

「いま、話してください」

「ごめんね、ルビー。来週まで待ってちょうだい。お楽しみに。きょうは、即興劇《そっきょうげき》でしめくくりたいと思います」

ぼくはショックから抜《ぬ》けだせなかった。劇《げき》をやるなんて、ひとこともきいていない。演劇《えんげき》クラブの全員が大よろこびしているようだけれど、ぼくにとっては史上《しじょう》最悪のニュースだ。

ライト先生もすごくうれしそうだ。

「今回やる劇《げき》のタイトルは『タイム・ツーリスト』です。未来からやってきたタイムトラベル・ガイドのふたりの物語です」

ミアが手をあげた。「その劇《げき》にはターディスはでてきますか？」ターディスっていうのは、『ドクター・フー』にでてくる次元超越時空移動装置《ちょうえついどうそうち》のことだ。

「いいえ、ミア。この劇《げき》のタイムマシンは公園の古いベンチなの。学校菜園から借りてくるつもり」

「トイレはでてくる？」ノアがいった。

先生はきこえないふりをした。

「たとえば、こんなシーンがあります。ふたりのタイムトラベラーが二十六世紀《せいき》から二十一世紀《せいき》のブライトンに到着《とうちゃく》しました。ところが、世界はものすごく変わってしまっています。なにもかも、そうなにもかもが完全に変わってしまっているのです。さて、この先はやりたい人につづけてもらいましょう」

やりたい人！ 助かった。じっとすわったまま、ただ見ていれば、あの劇《げき》の悪夢《あくむ》を思い出さずにすむだろう。

すばらしいできばえのペアもいた。マックスとアンジャリは、スーパーマーケットは二十一世紀《せいき》のテーマパークだと考えた。五年生のふたりは、レーザー銃《じゅう》で、うっかり食堂《しょくどう》の見張《みは》り番のおばさんを消してしまう。ルビーとイザベルは、ゾウやライオンが実在《じつざい》したことが信じられないでいる。

名前はださないけれど、悲惨《ひさん》なペアもあった。延々《えんえん》と新しいテレビゲームの解説《かいせつ》をつづけたり、黄色のサッカーシューズをドタバタ踏《ふ》み鳴らして、「すんげえ！」といいつづけるだけの五年生もいた。

ライト先生は、みんなにおしつけるようなことをしないのはありがたかった。それでも、ノアとイーサンがステージにとびのった時点で、残り時間が五分を切っているのを確認《かくにん》して、心底ほっとした。

イーサンはひどい大根役者だったが、ノアはなかなかうまかった。パントマイムでドアのあけしめをして、空想の階段《かいだん》をみごとにかけあがる。イーサンはそのうしろをポケットに手をつっこんだまま、ただ歩いてついていく。

「シーッ」ノアは足音をしのばせながらべつのドアに近づいて、おしあけた。「ちょっとでも物音を立てたら、やつらにつかまるぞ」ノアはさらにしのびよって指をさした。「あれを見ろ！」

「すんげえ」イーサンがいった。「……あれはなんだ？」

ノアはドラマチックに間《ま》をおいた。「トイレだよ」

「……すんげえ」

ノアはゆっくりトイレのふたをあける。「ちくしょう、トイレット・モンスターだ！　ああーーー!!」ふたりは空中に身を投げだし、ドサッとステージにたおれこむと、ゴロゴロころがりだした。

母さんがいうには、トイレをネタにしたジョークは最低なんだけれど、演劇《えんげき》クラブの連中は最高におもしろいと思っているみたいだ。ありがたいことに、四時まではあとちょっと。

「心配するな」ノアはポケットから銃《じゅう》をとりだして、ゆっくりトイレに近づく。「こいつのことなら、二十六世紀版《せいきばん》ウィキペディアで知っている。退治《たいじ》の仕方もな。この九十九・九パーセント殺菌液《さっきんえき》を三回スプレーすれば、トイレット・モンスターはイチコロだ！」

ふたりはトイレに近づき、かわいそうなトイレット・モンスターにスプレーしはじめた。

そこにいたメンバーの半分は、ノアとイーサンがはじめたあのくだらないCMソングに声を合わせた。

モンスターを殺《ころ》せ、トイレット・モンスター
モンスターはイチコロだ
バクテリア・キラーをシュッシュッシュッ
モンスターはくたばった

顔が赤くなるのが自分でもわかった。それでも、演劇《えんげき》クラブの時間はもうすぐ終わる。ぼくはチャーリーを拾いあげて、逃《に》げだす準備《じゅんび》をはじめた。

「はい、ありがとう」ライト先生がいった。「これは、なんというか……興味《きょうみ》深かった。それでは、最後にもうひと組だけ。やりたい人は？」

完全な沈黙《ちんもく》。トイレット・モンスターとはちがって、ぼくはなんとか生きてここから逃《に》げられそうだ。

そのとき、おそろしいことが起こった。

「先生、先生」ルビーだ。「見て、またチャーリーが手をあげてる！」

おなかにかかえたチャーリーを見おろすと、ライトが点滅《てんめつ》している。

「どうしたの、チャーリー？」先生がたずねた。

「ジョシュとふたりでやります。ね、ジョシュ？」

いやだ、いやだ、いやだ、いやだ！

「え……ぼくが？」

「もちろん、やるの」チャーリーがいった。「さあ、ジョシュ」

「すばらしいわ」ライト先生がいった。「それでは、はじめて。ステージはあなたたちふたりのもの」

ノアもすごく満足げだ。「やったね。ワクワクだよ」

最初、ぼくはビビりすぎて、まったく動けなかった。最後にステージに立ったときの最低最悪だった気分がよみがえる。そこでノアが声をかけてきた。

「どうした、ジョシュアちゃん。ビビってんのか？」

それをきいて、チャーリーをつかんだまま、なんとか前に進んだ。

「なにをやるつもり？」ぼくはささやいた。「どっちみち、きみの声はだれにもきこえないよ」

「ボリュームは三段階《だんかい》あるんだ」チャーリーがいった。「ボリューム、あげるから」

ステージにあがると、なにもかもがよみがえってきた。『スクルージのロックンロール・クリスマス』だけでも最悪だったのに、いまは、忘《わす》れるセリフさえ、そもそもないんだから。演劇《えんげき》クラブの面々《めんめん》を見つめるぼくは、ヘッドライトに目がくらんで立ちつくすウサギのデイブみたいだ。ぼくは汗《あせ》ばんだ手をジャージでぬぐった。そして、そのつぎには……つぎには……。

どうしたらいいんだ？

つぎになにをしたらいいのか、まったく思い浮《う》かばない。やりたいのは走って逃《に》げることだけれど、足も動かない。ライト先生にだめですといおうと思ったのに、声もでない。

「さあ、やれよ」ノアがいった。

「自分のタイミングでいいのよ」ライト先生がいった。「リラックスして楽しんで」

ありがたいことに、腕《うで》にかかえたロボットは、自分がやるべきことをちゃんとわかっているみたいだ。チャーリーが、いかにもロボットっぽいおかしな声で話しはじめると、みんなが笑った。

「ようこそ、二十一世紀《せいき》へ。わたしはアレクサ。未来からきた、あなたのガイドロボットです」

父さんがよくいう、「演劇療法《えんげきりょうほう》」っていうのはこのことなんだろう。というのも、とつぜん、声をだす力がもどってきたからだ。

「アレクサ！　タイマーを五分後にセットして」観衆《かんしゅう》のなかにイーサンが見えた。あきらかに微笑《ほほえ》んでいる。

「タイマー五分、いまから開始します」アレクサが、いや、チャーリーがいった。

「それで、どこからはじめる？」チャーリーならきっと、なにかいいアイディアをだしてくれると信じていった。

「まずはウォームディーン小学校におつれしましょう。あなたに見せたい、たいへんおもしろいものがありますから」

自分でもどうしてだかわからないけれど、ぼくは無重力ムーンダンスをやって笑いをとった。

「アレクサ、アニメのホーマー・シンプソンは、むかし黄色だったってほんとう？」

「その通り」

「さて、ここがウォームディーン小学校？」正面玄関《げんかん》のドアをあけるパントマイムには、ブーンというライトセーバーの音をつけた。「スマホはおいていかなきゃだめだよ」

「システム異常《いじょう》発生、システム異常《いじょう》発生！　スマホとはなんですか？」

「いや、気にしないで」ぼくはチャーリーを持った腕《うで》を前にのばした。これで、ぼくがチャーリーのあとについていっているように見えるはず。「ぼくをどこにつれていくんだい？　アレクサ」

「ライト先生のクラスです。これからあなたに見せるものは、きっと信じられないでしょう」

「すんげえ！」これをいうのはイーサンとあの黄色いサッカーシューズの五年生に対しては意地悪だとはわかっていたけれど、笑いはとれた。

「これからお見せするのは、宇宙《うちゅう》全体でも最古のものです」

チャーリーがなにをしようとしているのか、さっぱりわからない。

「それは食堂《しょくどう》ででる、チョコとビーツのケーキだったりして？」

「ちがいます」チャーリーがいった。「わたしがお見せするのは、ピラミッドやストーンヘンジよりも、もっと古いものです」

「それはなに？　アレクサ」

「あそこにいる、男子が見えますか？」

「うん」

「あの子の名前はノアです。そして……」

「うんうん」

「あの子のジョークこそ、宇宙《うちゅう》でいちばん古くさいものです！」

すんげえ！　そこにいただれもが、うしろの方でそうじをしていた事務員《じむいん》さんまで声をあげて笑った。もちろん、ノアは笑っていない。まるで、今年のクリスマスはなくなってしまった、というような顔だ。そして、もうひとり、ライト先生は必死で笑いをこらえている。

そして、拍手《はくしゅ》がはじまった。そこでぼくは、お辞儀《じぎ》をするようにチャーリーを前にかたむけ、ステージの前にでて、拍手喝采《はくしゅかっさい》をあびた。『スクルージのロックンロール・クリスマス』は最後まで演《えん》じることはできずに、母さんに車で家につれ帰ってもらった。でも、やっぱり父さんは正しかったんだ。いまぼくは、最高の気分を味わっていた。

「ふたりとも、ありがとう」ライト先生はステージにとびのると、手をたたいてみんなを静かにさせた。「あなたたちがなにを伝えようとしているのか、完全にはわからないけど、ふたりとも、たいへんよくできました」

「楽しかったです」チャーリーがいった。自分でもそんなことばがでてきたのを信じられないみたいだ。「ほんとうに楽しかった」

「ぼくもです」思わずそういってしまって、自分でもおどろいた。

「では、みなさん、きょうはここまでです。また来週会いましょう」ライト先生がいった。

チャーリーのバッテリーを充電《じゅうでん》するために教室にもどるとちゅう、ハリーとエイバ、それにミアがわざわざ足をとめて、ぼくに声をかけてくれた。すごくうれしかった。

「バイバイ、ジョシュ、バイバイ、チャーリー」

「またね、チャーリー。バイバイ、ジョシュ」

さらにうれしかったのは、なんとかノアをふり切ってきたらしいイーサンが、二秒ほどではあったけれど、廊下《ろうか》ですれちがったときに、ぼくに親しげな笑顔《えがお》を見せたことだった。

＊　＊　＊

「それで、どう思った？」棚《たな》の上にチャーリーをおいて、充電器《じゅうでんき》につないだとき、チャーリーがいった。「最高だったよね？」

「悪くなかった」

「なにいってんの、ジョシュ。すんごくよかったでしょ」

その通りだ。まだ、心がポカポカするような感じはつづいていた。

そのとき、思い出した。

「きみはただゲームをするだけだっていったよね。劇《げき》をするなんて、ひとこともいってなかった」

「ああ、それね」チャーリーがいう。「それなら、心配いらないって。ただ、親に見せるだけだから」

「まあ、国王が観《み》にくるとは思ってないけどさ」

「落ち着いて。ジョシュはすばらしい俳優《はいゆう》だよ。きっと、うまくいくって」

ぼくは下唇《したくちびる》を強くかんで、深呼吸《しんこきゅう》をしようとした。

「きいて。ぼくは劇《げき》にはでないから。わかった？　あんなことがあったあとなんだから」

チャーリーはしばらくだまってから話しはじめた。その声はまたしても、ささやき声にもどっていた。

「なにがあったの？」

「なんのこと？」

「前の学校であったこと。スクルージの劇《げき》だかなんだか知らないけど、どうしてそんなに緊張《きんちょう》したの？」

それまで、だれにも話したことはない。母さんと父さん、それにウィローとコリンズ先生、あとは肩《かた》にミツバチのタトゥーがあるカウンセラーはべつだけど。考えるだけでもぞっとするからだ。コリンズ先生はだれかに話すのはいいことだといいつづけて、いまでもそれには腹《はら》が立つけれど、なぜだか、チャーリーなら信頼《しんらい》できるような気がした。

「ええと……おなじクラスに友だちだと思ってた子がいたんだけど……」

「おい、調子にのってんじゃねえぞ！」

「え？」

ノアがドア口に立っていた。腕組《うでぐ》みしている。

「おまえとC-3PO《シースリーピーオー》のことだ。調子にのってんじゃねえ、っていってるんだよ」

「ノアよりはおもしろかったけどね」チャーリーがいった。

ノアはこぶしをにぎりしめている。ありがたいことに、ロボットにパンチを食らわせるなんて、すごくバカらしいことだと気づいたようだ。

「この場にいないと、ずいぶん勇ましいよなチャーリー。そこのマヌケなお友だちに、おまえがほんとうはどんなやつなのか、教えてやらないのか？」

「おまえこそ、はやいとこ、自分の巣穴《すあな》にひっこんどけば？」とチャーリー。

笑っちゃいけないと思ったけれど、笑い声がもれてしまった。

「ハハハ、笑えるぜ」となりにイーサンがいないと、そんなに大きく見えないノアがいった。「おまえらに、ひとことといっておくぞ」

ぼくの笑顔《えがお》はひっこんでしまった。「好きにすれば」

「おまえら、いまは笑っていられるけどな」ノアが人差し指をつきたてながらいった。「このノア・シムキンズをコケにできるやつなんかいないんだ」

「さっき、やったばかりだけど」チャーリーがいった。

ノアは混乱《こんらん》している。「ああ……まあ、そうだけど……」そこでパッと顔がかがやいた。とつぜん、生きている意味を発見したみたいに。「だけどな、だれもただじゃすまないってことだ。おぼえとけよ」

ノアは勢《いきお》いよくドアをしめた。ぼくたちは、怒《いか》りに満ちたノアの足音が遠ざかって消えるまで待った。

「なんであんなことというんだよ？」ぼくはささやいた。「あいつ、カンカンだった」

「だいじょうぶ」チャーリーがいった。「けど、どうしてささやき声なの？」

「あいつのことば、きいただろ。あいつは最初からぼくをきらってた。今度こそ、ただじゃすまないかも」

チャーリーがぼくを見た。「楽しい」モードの目をパチパチさせながら。「きみはだいじょうぶだよ。みんながきみを好きになりはじめてるから。きみは見つけたんだよ」

「なにを？」

「わかるでしょ？」

「え？」

「演劇《えんげき》クラブだよ。演劇《えんげき》クラブは人を知るのにとてもいい方法だってわかってたし、きみはやっぱり、すごくむいていると思う」

「ありがとう」ぼくはチャーリーを棚《たな》にもどして、壁《かべ》のコンセントにつないだ。「だけど、ノアはどうする？」

「いまとなっては、きみには手をだせないよ。きみが『ほぼ人気者』になったいまではね」

ほぼ人気者っていうのは、かなり大げさだと思う。でも、微笑《ほほえ》まずにはいられない。

「そうかな？」

「うん、まちがいないよ。劇《げき》のことは心配しなくていい。目立たない役ならたくさんあるから。きっと、木かなんかになるんじゃない？」

ほんとうにそうならいいと思った。演劇《えんげき》クラブはすごく楽しかったし、もし、「ほぼ人気者」になったのだとしたら、またいってもいいかもしれない。

「それで、さっきのつづきは？」チャーリーがいった。

「つづきって？」

「ほら、その、前の学校で、きみが友だちだと思ってた子の話。いったいなにがあったの？」

いろいろなことが前よりもすこし、ハッピーになりはじめたところなのに、いままた、まぶたがピクピクしだした。

「ほんとうは話したくないんだ。チャーリーはどうして知りたいの？」

「それは……ジョシュのことを、もっとよく知る助けになるかと思って。いま、わたしたちは友だちだよね？」

痛《いた》いところをついてくるのなら、こっちだって。

「それじゃきくけど、ノアがいってた、『おまえがほんとうはどんなやつなのか』って、どういうこと?」

「またあしたね、ジョシュ」

「ちょっと待ってよ。ねえ?」

おそかった。チャーリーはもうログアウトしていた。

24

金曜日の午後三時十分。ぼくとチャーリーが演劇《えんげき》クラブに通いはじめて二週間。いろいろなことが変わった。

「はい、みんな」ライト先生がいった。「きょうの授業《じゅぎょう》のはじめの方で、前につく副詞節《ふくしせつ》について話しましたね。だれか、それについて説明できる人は？」

チャーリーのライトが点滅《てんめつ》した。チャーリーはいまも、ほとんどの時間青いライトをつけたままだまっているけれど、質問《しつもん》に答えようとするのは今週になって、これが三度目だ。

「はい、チャーリー」

「いま、先生がやったことです。先生は、文章のはじめに『きょうの授業《じゅぎょう》のはじめの方で』とつけましたが、それが副詞節《ふくしせつ》です」

ライト先生はうれしさのあまり、ネコみたいにのどを鳴らした。

「よく気づいたわね。すくなくともひとりは、わたしのことばをきいててくれた！」

いろいろなことが変わった、といったけれど、ちょっと待て。まずは変わっていないことからはじめよう。デイブはいまでも「ブライトンでいちばん賢《かしこ》いウサギ」だ。母さんは年中無休で、健康的な食習慣《しょくしゅうかん》の普及《ふきゅう》活動をしている。父さんはスランプでなにも書けないし、ノーマンはいまだに一日二回、庭をパトロールして、騒々《そうぞう》しい子どもと、ゴミを捨《す》てる連中についてぼやきつづけている。それから、ノアがいまでもぼくをきらっているのはまちがいない。ただ、トイレット・モンスターのジョークはもういわない。ルビーにあれは最古の恐竜《きょうりゅう》のひいひいじいちゃんよりも古臭《ふるくさ》いといわれたからだ。それでも、ぼくと目が合うと、かならずにらみつけてくる。

「それでは、授業《じゅぎょう》を終える前に、演劇《えんげき》クラブのメンバーにひとことだけ」ライト先生がいった。

それじゃあ、いったいなにが変わったんだって？　まずは、ぼくは休み時間に校庭にでるようになった。雨が降《ふ》っていなくて、疲《つか》れていないときは、チャーリーもいっしょだ。もっとすごいのは、ぼくに話しかけてくれる子がいる！　それは、ルビーとチャーリーが以前おなじサッカーチームにいたことがわかったことと、ハリーが以前、体育の時間にチャーリーにゲップの仕方を教えたことがわかったからだ。イーサンは、ぼくとはほとんど話さないけれど、しょっちゅう微笑《ほほえ》みかけてくれるし、朝、校庭に足を踏《ふ》み入れるときには、「ハイ、ジョシュ」といってくれる。特に、ノアがそばにいないときは。おなかが痛《いた》くならなくなったのはそのおかげだと思うし、トイレット・モンスターがテレビにでるたびにチャンネルを変えるのをやめたのも、そのおかげだと思う。

もちろん、いまでもときどきは不安になる。いまもそうだ。ライト先生は演劇《えんげき》クラブのメンバーにどんな話をするんだろう？　ライト先生がデスクのいちばん下の引き出しから紙の束をひっぱりだしたとき、ぼくは、なにかおそろしいことが起こると強く感じた。

「水曜日に全部話そうと思っていましたが」先生は紙の束をデスクの上でいくつかの山にわけながら、うれしそうにいった。「でも、『タイム・ツーリスト』の初演《しょえん》まではあと十二回しかリハーサルができないので、配役を伝えたいと思います。そうすれば、自分のセリフを週末に覚えられるから」

つぎつぎに手があがった。

「ぼくはタイムトラベラー？」

「ヘンリー八世役はだれですか？」

「ネコはでてきます？」

「ぼくは演劇《えんげき》クラブじゃないから、帰っていいですか？」

「劇《げき》の当日の夜は、制服《せいふく》を着てこなくちゃいけないんですか？」

「チケットはどこで買えます？」

「タイタニック号の上で、バイオリンを弾《ひ》いていいですか？」

ライト先生はパンパンと手をたたいた。

「ちょっと、みんな静かにしてください。がっかりする人もでてくるかもしれませんが、演劇《えんげき》クラブでは、みんなのことを注意深く観察してきました。それでは、演《えん》じてもらいたい役を発表します」

教室は静まり返った。演劇《えんげき》クラブには関係のない子もだ。チャーリーはよく見える位置に頭を動かした。これが、ぼくのおそれていた瞬間《しゅんかん》だ。父さんには頭がおかしいんじゃないかといわれるだろうけど、ぼくはセリフのない役がほしかった。そうじゃなければ、死体役とか、ヘンリー八世の結婚式《けっこんしき》にきた客のひとりとか。

「名前を呼《よ》ばれた人は台本を取りにきてください」ライト先生がいった。「ではまず、ルビー。あなたにはウィリアム・シェークスピアをやってもらいます」

役が決まった子のうちの何人かは、こぶしをふりあげて「やったー！」と叫《さけ》んだ。エイバのようにビクトリア女王の役からもれてがっかりした子は、台本をにぎりしめ、いじけて自分の席にもどっていった。

ライト先生は間《ま》をおいて、大きく息をついた。

「つぎはノアです。長い時間、じっくり考えましたが、あなたにはウィンストン・チャーチルをやってもらいます」そこでノアにすばやくするどい視線《しせん》を送った。「がっかりさせないでね」

「よっしゃーー!!」ノアはそういうと、台本をつかみ、すぐさまパラパラめくって、自分のセリフがどれぐらいあるか確認《かくにん》している。まるで、プロの俳優《はいゆう》気取りだ。

「最後に、いちばん重要なふたりのタイムトラベラー、サムとルーシー役です」ライト先生は手元に残った最後の台本をふりまわした。「ふたりはともに、すばらしい取り組みをしてきました。なので、実をいうとこの配役はとてもかんたんに決まりました」

教室が期待につつまれる。

ぼくの心臓《しんぞう》はひっくり返りそうだ。

「さあ、それではチャーリー。あなたにはルーシーをやってもらいます。台本はあとでメールで送ります。ということで、ジョシュ、あなたはサムをおねがい」

なにもかもがとつぜんゆがんで、音は変なひびきになった。ぼくは吐《は》きそうだ。


やだ、やだ、やだ、やだ、やだー!!!!!


信じられないことに、ぼくの目の前にいるロボットはすごくうれしそうだ。「やったね!!」

ほかのほとんどの子たちも、おなじようになにも気にしていないようだ。

演劇《えんげき》クラブのメンバーで、この結果が気に入らないのはふたりだけ。ぼくとノア。

「それって、マジ？」ノアが薄《うす》ら笑いを浮《う》かべながらいう。「ルーシーっていう名前のタイムトラベラーが、ロボットだって？」

「彼女《かのじょ》は二十六世紀《せいき》からきたのよ、ノア。人間と、高度に発達した人工知能《ちのう》との友情《ゆうじょう》は、ぜんぜんめずらしくないかもしれないでしょ？」

「すわりなさいよ、ノア」ルビーがいった。「わたしはすごくいいアイディアだと思う」

それでも、ノアはまだやめるつもりはない。

「もし、Ｗｉ−Ｆｉが切れたらどうするんだ？　おれにいわせれば、最悪のアイディアだよ」

「わたしはそうは思わない」ライト先生がきっぱりといった。「ジョシュとチャーリーは、きっとすばらしい演技《えんぎ》をすると思う。万が一、技術《ぎじゅつ》の面で問題が起こっても、みんなで協力できると思うし」

でも、ぼくはノアに賛成《さんせい》だ。つまり、チャーリーのルーシー役はすばらしいだろうけど、もしライト先生があの『スクルージのロックンロール・クリスマス』を見たら、ぼくをサム役にしたのは史上《しじょう》最悪の決断《けつだん》だったと思い知るだろう。

そこでぼくは、ハリーかイーサンに替《か》えてくださいといおうとした瞬間《しゅんかん》、終業のベルが鳴って何人かが猛烈《もうれつ》な勢《いきお》いでドアからとびだしていった。

「おねがいだから、走らないで」ライト先生はパソコンをつかみ、でていった連中のあとから廊下《ろうか》にでて叫《さけ》んだ。「何回いったらわかるの！」

「先生、先生」ぼくは声をかけた。「話があるんです。劇《げき》についてなんですけど」

「いまはやめて。あなたが興奮《こうふん》しているのはわかるけど、職員《しょくいん》会議の前にダリー校長をつかまえなくちゃいけないの。なにか質問《しつもん》があるのなら、あしたにしてね」

＊　＊　＊

「ぼくにはむりだよ。あんなことが起こったあとなんだから」

「だいじょうぶ、できるって。ライト先生がなんていったか、きいたでしょ？　ふたりならうまくやれる」

「きみはだいじょうぶだろうさ」ぼくはもつれた電源《でんげん》コードをほどいて、チャーリーを棚《たな》にもどしながらいった。「きみは台本を読めばいいんだから。だれも気づかないし。だけどぼくがまた、セリフを忘《わす》れちゃったら？」

「忘《わす》れないって、ジョシュ。そんなに心配なら、わたしも、セリフは全部暗記する」

舞台《ぶたい》での悲惨《ひさん》なできごとが、ぼくの頭のなかでもう百一回目のタンゴを踊《おど》っていた。

「ライト先生を見つけて、ぼくにはできませんっていってくる」

「それはだめ」チャーリーがいった。「わたしがゆるさない」

「どういうこと？」

「何年か前に起こったことを理由にあきらめちゃだめってこと。ジョシュはあのころとはちがうんだから」

「なんで、そんなことがわかるんだよ？」

「それは……正確《せいかく》にはわからないんだけど。ねえ、前の学校の『その子』がなにをしたのか教えてくれない？　そしたら、ジョシュがどんなに変わったかいえると思う」

「父さんがぼくをさがしてると思うから、もういく。でも、いつかきっと話すよ。約束する」

「うん、わかった。劇《げき》にでるって約束して。今回は、ひとりじゃないんだし。ふたりなら、きっとうまくいくよ」チャーリーがいった。

チャーリーはとても幸せそうだ。演劇《えんげき》クラブにきて、話したりすることがチャーリーにとってどれほどたいへんなのかはわかっている。問題なのは、チャーリーはぼくにむちゃなことを求めているってわかってないことだ。

「うーん、どうだろう。ぼくは……」

「やるんだね、よかった。また月曜日に。セリフは覚えはじめてよ」

「ちょっと待って、ぼくはまだ……」

「じゃあ切るね」チャーリーはいった。「母さんがいっしょに『カウントダウン』を見たがってるから」

＊　＊　＊

最初、父さんはちょっと不安だったみたいだ。でもノーマンの家にさしかかるころには、ニュースを伝えたくてうずうずしていた。

「きいてくださいよ、ジョシュがね、学校の劇《げき》で主役のひとりに選ばれたんです。トイレット・モンスターなんかより、ずっとましでしょ、ノーマン？」

ノーマンは汚《きたな》らしいガキどものことや、ポテトチップスの袋《ふくろ》のことで、ぼやきもしなかった。

「どうです、いっしょに観《み》にいきませんか？」父さんがいった。「歩いていくのがたいへんだったら、車でいっしょにいきましょう」

「いいや、ごめんだね」ノーマンはじっとツツジを見つめている。いつもより顔色が悪いようだ。

父さんも気づいたようだ。

「だいじょうぶですか、ノーマン？　きょうはちょっと元気がないみたいですけど」

ノーマンはぬれた芝生《しばふ》に杖《つえ》をつき立て、ヨタヨタと玄関《げんかん》にむかった。

「ふん、やさしそうなふりなどしてもむだだ。おれのことはほっといてくれ。このアクタレがデタラメなパントマイムをするところなんか、見たくもない。見るぐらいなら、目にピンでもさした方がましだ」

おどろくことではないけれど、母さんの方がずっと興奮《こうふん》していた。父さんがメールで知らせたのはまちがいない。仕事から帰ってきた母さんの最初のことばがこうだったんだから。

「わが家に、新しいスター、誕生《たんじょう》ね。ほんとうにあなたはすごいわ」

「まだ、ほんとうにやるかどうか決めてないんだけど」

「もちろんやるのよ。家族全員でいちばん前の席で観《み》るから」

実際《じっさい》には、ぼく以外にもうひとり、この劇《げき》が「レ・ミゼラブル」以来最大のヒットだというふりをしない家族がいた。夜中にウィローがぼくのベッドサイドにやってきてこういった。

「デイブがまた心配してるの」

「あっちいけよ、ウィロー。寝《ね》たいんだから」

ウィローは一歩近づいた。

「デイブはね、ジョシュが主役に選ばれたのはすごいって思ってるよ。でも、ただジョシュが、母さんと父さんをよろこばせようと思ってやるんじゃないってことを知りたいんだって」

「え？」

「わたし、デイブに全部話したんだ。ロッティのこととか、前に舞台《ぶたい》の上でなにが起こったかってこととか」ウィローはささやくようにいった。「そしたら、デイブがいうの。ジョシュはほんとうにほんとうに、自分でやりたいと思ったときだけやればいいんだ、って」

妹のために、ぼくはそのアイディアが気に入ったようなふりをした。

「うん、デイブにいっておいて。ぼく自身楽しみにしてるって」

兄のために、ウィローは幸せそうにきこえるようにいった。

「そっか。それはすっごいいね。最高にすてきだね。わたしとデイブも……すごく楽しみだよ」

でも、ぼくたちふたりの表情《ひょうじょう》は、なによりも多くのことを語っていた。

25

それから三週間後、『タイム・ツーリスト』の本番までリハーサルできるのはあと四回だけというとき、ぼくたちは全員ステージの前であぐらをかいて、ライト先生の指示《しじ》をきいていた。

「はい、みなさんの演技《えんぎ》はすばらしいです。ほとんどのみなさんは、わたしの『もじもじしないではっきり声をだす』という指示《しじ》をしっかり守ってくれています。でも、どうかどうか、おねがいだから、セリフをいっていないときも、役になりきっていてください。例をあげれば、ウィンストン・チャーチルは第二次世界大戦に勝った日に、カンタベリー大主教とハイタッチをしたりしません。ですから、おねがいだから、あれはやめてね、ノア。それから、イザベルとロクサーナ、首を切り落とされる前に、顔をしかめないようにがまんして」

正直いって、『タイム・ツーリスト』はぼくが予想していたより、はるかにすばらしいしあがりだと思う。一回目のリハーサルを最後までできるかどうかさえ、あやしいと思っていた。けれども、チャーリーがずっと、もしぼくがこれをやらなかったら、きっと後悔《こうかい》するといいつづけたおかげで、やってみる気になった。それにしても、ぼく自身、この劇《げき》を楽しめるようになるなんてぜんぜん思っていなかった。最初の方に何度かパニックにおそわれたのと、ローマ人がイギリスに侵略《しんりゃく》してきた紀元前《きげんぜん》五十五年と五十四年に、足がふるえはじめたのをのぞけば、こんなに楽しかったのはひさしぶりだった。

「はい、それではいい話はこのへんでおしまい」ライト先生がピンクシルバーの髪《かみ》をいじりながらいった。「残念ながら、ここからは、問題点を話します」

エイバが手をあげた。

「ロンドン大火のところですか？　だって、ロンドン大空襲《だいくうしゅう》で使ったのとおなじ赤いクレープペーパーを使ってるんだもん」

「ちがうの、エイバ。残念だけど、もっと深刻《しんこく》な話です」

「イングランドがサッカーのワールドカップで優勝《ゆうしょう》したとき、大騒《おおさわ》ぎしすぎるとかですか？」

「ちがうわ、ハリー！」そういったライト先生は、少々《しょうしょう》いらだっているようだ。「問題なのは、のこりのリハーサルは四回だけということです。来週末までに、セリフを覚えなくちゃいけないのに、みなさんのほとんどが、いまも台本を読んでるだけ」

講堂《こうどう》は静まり返った。

「みんなが怖《こわ》いと思う気持ちはよくわかります。でも、もうこれ以上は見すごせません。というわけで、最後の十五分で第一幕《まく》全体を通してやってみましょう。ストーンヘンジを建てるまでを、台本を持たないで」

不安そうなささやき声が、列のはしからはしへと伝わっていった。

ぼくの手はすでに汗《あせ》でおおわれている。あまりにもおそろしすぎて、台本を落としてしまった。

「心配しないで、ジョシュ」チャーリーが自信たっぷりにいった。「ゆっくり落ち着いてやれば、だいじょうぶだから」

たしかにチャーリーはほんとうにすばらしい役者だ。どこかにある自宅《じたく》にいるんだし、ぼくはいつも小さなロボット相手に演技《えんぎ》をしているんだとしても、チャーリーはルーシーを実在《じつざい》の人間にしてしまっている。父さんによれば、それこそが演技《えんぎ》なんだそうだ。

「はい、それではみなさん、それぞれの位置についてください」ライト先生が大きな声でいった。

「セリフはたくさんあるので、もし、助けが必要ならわたしにきいてね、プロンプターをするから」

ぼくはチャーリーをルビーにわたした。ルビーはチャーリーをマジックテープでスケートボードにとりつけた。これで登場の準備《じゅんび》ＯＫだ。そして、ぼくは公園のベンチ型《がた》タイムマシンにすわった。舞《ぶ》台監督《たいかんとく》のイーサンがカーテンをしめる（ライト先生から舞台監督《ぶたいかんとく》をするようにいわれたイーサンは、大よろこびした）。

「準備《じゅんび》はいい、ジョシュ？」ライト先生がいう。

あいだにカーテンがあるおかげで、ぼくの声は自信があるようにきこえるかもしれない。

ところが、声をだそうとしたら、のどがつかえたようになってでてこない。ぼくはもう一度声をだそうとして、なんとか「は……は……い」というおびえきった声をだした。

「それでは、みなさん、はじめましょう！」

カーテンがふたたび勢《いきお》いよくあいて、ぼくの目の前にだれもいない講堂《こうどう》がひろがった。ステージのそででは、新石器時代の建築家《けんちくか》たちが、ストーンヘンジの発泡《はっぽう》スチロール・ブロックでなぐり合っている。そして、ウィンストン・チャーチルは、舞台監督《ぶたいかんとく》にむかってなにかぼくの悪口を話しているようだ。

ライト先生は手に持ったノートに、猛烈《もうれつ》な勢《いきお》いでなにかを書きつけている。

「ねえ、ジョシュ、たしかにわたしは、セリフを語りはじめる前にすこし間《ま》をおくようにいったけど、ちょっと長すぎるんじゃないかな」

ぼくは微笑《ほほえ》んで、うなずき、公園のタイムトラベル・ベンチの上で、ちょっとモゾモゾ動いた。問題は、ぼくは間《ま》をおいているわけじゃないってことだ。この世界には、悲惨《ひさん》な感情《かんじょう》ってものはたくさんある。たとえば、裸足《はだし》でレゴを踏《ふ》んでしまったときの感情《かんじょう》とか。でも、いまこの瞬間《しゅんかん》は、これ以上悲惨《ひさん》なことはなにも思いつかなかった。頭はクラクラ、心臓《しんぞう》はバクバク、脳《のう》みそは完全にとけてしまって、足の感覚もない。ぼくは目を閉《と》じて、必死で記憶《きおく》の倉庫をさがしまわった。でも、どっちみち、認《みと》めないわけにはいかなくなった。

最初のセリフがでてこない！

ウィンストン・チャーチルは、最高におもしろがってるみたいだ。

「おい、見ろよイーサン。あいつ、もうセリフを忘《わす》れてるぞ」

「だいじょうぶよ、ジョシュ」ライト先生がささやいて、台本に目を落とし、読みはじめた。

「二十六世紀《せいき》にようこそ。わたしはサム。百三十七億九千八百万年の旅のガイドをつとめます」

「に、二十六世紀《せいき》に……ようこそ……ええと、あなたが……」ライト先生にたっぷり助けてもらって、なんとか最初の一連のセリフの最後までたどりついた。

「だけど、ルーシーはどこだ？　これからタイムトラベルだっていうのに、ルーシーはいつだって遅《ち》刻《こく》するんだから！」

イーサンはチャーリーをステージにおしだした。この世界がはじまって以来、スケートボードにのったロボットを見てほっとしたのは、ぼく以外にはひとりもいないだろう。

チャーリーは一回目のリハーサルのときから、セリフを全部覚えていた。

「ハイ、サム。ごめん、遅刻《ちこく》した。ゲームに夢中《むちゅう》になっちゃって。ヘンテコな古いサッカーゲームを、ヴァーチャルのひいひいひいひいひいひいひいひいじいちゃんとやってたものだから」

ぼくはマジックテープをはずしてチャーリーをスケートボードからもちあげ、公園のタイムトラベル・ベンチのぼくの横においた。

「それで、最初はどこにいく？」チャーリーがいった。「わたしはアポロの月着陸現場《げんば》にいきたいな」

「ええと……ええと……えっと」ぼくはまた頭が真っ白になった。時間旅行中の安全についてなにかいわなくちゃいけないんだけど、つぎのセリフがまったく思い出せない。

「ほら、あいつはだめだっていっただろ？」ノアの声だ。「またセリフを忘《わす》れるなんて、信じられないよな」

「シートベルト」チャーリーが声をあげた。「十五世紀《せいき》あたりの気流が乱《みだ》れていますので、シートベルトをお忘《わす》れなく」

でも、おそすぎた。体じゅうガタガタふるえる。セリフがでてこないどころか、呼吸《こきゅう》もろくにできない。つぎに感じたのは、朝食べたベジミートとフェアトレードのバナナブレッドが胃《い》からせりあがりはじめたってことだ。これ以上、こんな状態《じょうたい》がつづいたら、またしてもおそろしいことが起こってしまう。百万もの大惨事《だいさんじ》の可能性《かのうせい》が、いっせいに今週の大惨事《だいさんじ》になろうと争っておしよせてくる。足の感覚もないんだから、とんでもなくむずかしかったけれど、ぼくはその場から逃《に》げだした！

ウィンストン・チャーチルは大声で笑っている。

チャーリーは「ジョシュ、待って！」といっている。

そして、ライト先生は、ステージからとび降《お》りて、泣きながらドアにむかって走るぼくを、さっき以上にイライラした表情《ひょうじょう》で見ていた。

男子トイレで顔に水をあびせかけ、口のなかのいやな味を洗《あら》い流そうとしているとき、父さんはすくなくともあと十分は迎《むか》えにこないことに気づいた。そこでぼくは、玄関《げんかん》前のホールに貼《は》りだされたクラス委員と今月のスターの写真の下に寝《ね》そべって、寝《ね》ているふりをすることにした。

＊　＊　＊

二分後、ライト先生がチャーリーをかかえてやってきた。

「ここにいたのね。心配になってきたところだったの。ね、チャーリー？」

「はい」

ぼくは涙《なみだ》をぬぐって、なんとか立ちあがった。

「ちょっとばかり……パニックになって……セリフを忘《わす》れちゃったから……でも、もうだいじょうぶです」

「ほんとうに、だいじょうぶ？」

ぼくはあいまいにうなずいた。

「ただちょっとひとりになりたかっただけで。ほんとうにごめんなさい、ライト先生」

「あやまることなんてないのよ」ライト先生もすこしばかり涙《なみだ》ぐんでいる。「わたしのせいなの。あんなふうにあなたをせっつくべきじゃなかった。つぎからは、もうちょっと待つからね」

だけど、「つぎ」なんてあるわけない。

「いいえ、もうだめです。この劇《げき》にはでません。ごめんなさい」

「どうして？」ライト先生がいった。「あなたとチャーリーはとてもうまくやってたわ。これがあなたにとって、たいへんな挑戦《ちょうせん》なのはわかってる、ジョシュ。だけど、あなたにはできると思ったから選んだの」

クラス委員も今月のスターもみんな自信たっぷりの顔だ。ぼくとはかけはなれている。

「ごめんなさい。でもむりなんです。できません」

「チェックランド先生にストーンヘンジ作りをまかせてきちゃったから、もどらないと。ねえ、ジョシュ、もうすこし考えてみて。もし、やめるとしたら、ものすごく残念。また、気が変わるかもしれないし」

そんなことはないと思ったけれどいった。

「わかりました。じゃあ考えます」

ライト先生はにっこり笑ってチャーリーをぼくに手わたした。

「教室につれていって、充電《じゅうでん》をおねがいね。ほかの子たちが帰ったら、教室に顔をだすから」

チャーリーは、棚《たな》にもどされてはじめて、また話しはじめた。

「あれ、本気じゃないよね？」

「あれってなに？」

「役からおりるってこと」

「もちろん本気だよ」またしても、胃《い》から朝食がせりあがってくるのを感じた。「前の学校でなにがあったのか、話したよね？」

「そんな思い出にふりまわされていいの？」

「きみはわかってないんだよ。ライト先生もいってたけど、これはたいへんな挑戦《ちょうせん》なんだ。あんなこと、ぜったいにくり返したくない」

「まだ全部はきいてないよ」チャーリーがいった。頭をふってぼくを追いかけてくるので、目をそらせない。「いま、話してくれない？」

「なんのために？」

「話すことが、助けになるかもしれないから。わたしも、いつもそういわれてる」

「もし話すとしたら、ほかのだれにもいわないって、約束できる？」

「もちろんだよ。わたしのことをどんな友だちだと思ってるの？」

ぼくはチャーリーに背《せ》をむけた。万が一また泣いてしまったときのためだ。ぼくは、必死でことばをしぼりだした。

「ぼくはいつも、なんていうか、きみも知ってると思うけど……いろんなことが心配になっちゃうんだ。四年生がはじまるまで、学校は楽しかった。でも、ぼくはあの子に裏切《うらぎ》られて……」

「あの子って？」チャーリーがいった。「裏切《うらぎ》られたってどういうこと？」

「それは、おなじクラスの女の子で」ぼくはまだ、あの子の名前をいうことができない。「ぼくたちは、なんていうか、ものすごく仲がいいとかそんなんじゃなかったんだけど、机《つくえ》がとなりどうしで、おたがいのバースデーパーティーにはいつも行き来してた。ぼくは友だちだと思ってた」

「なにがあったの？」

「その子がすごい動物好きだって知ってたから、ぼくの妹のウィローがウサギを飼《か》いはじめたとき、会わせてあげたくて、家に呼《よ》んだんだ」

「それはいい考えだね」チャーリーがいった。

ぼくはいまも、いったいなにが起こったのかわからない。

「そのとき、その子はすごく楽しそうに見えた。母さんはチキン・トルティーヤを作って、父さんはゾウのジョークでその子を笑わせてた。それに、その子もデイブが大好きだった。デイブっていうのは妹のウサギなんだけどね」

「ウサギにしては変な名前。だけど、その子は楽しんでたんだね」

「ぼくもそう思ってた。ところが、そのつぎの日からなんだ。学校であれがはじまったのは」

「うん……そうなんだ」

あの時間にもどるために、公園のタイムトラベル・ベンチはいらない。まるで、きのうのことのようにはっきり覚えている。

「あれが『いじめ』なのかどうか、ぼくにはよくわからない。でも、ぼくがなにかするたびに、その子はぼくをバカにした」

「それはたいへんだったね」

「うん、まあ。とにかく、算数の時間でも、校庭で遊んでるときでも、スパゲッティを食べてるときでも、いつどんなときだっておかまいなし。その子はぼくのうしろにしのびよってきて、ささやくんだ。『ジョシュにはむりだよ。だって、ジョシュはめちゃくちゃバカなんだから』って」涙《なみだ》がひと粒《つぶ》、目のはしからこぼれて、頬《ほお》を伝いおりた。「ぼくはすぐに、その子のいうことを信じはじめた」

「かわいそうに」

「劇《げき》のときにもそれが起こってしまったんだ。その劇《げき》をぼくはすごく楽しみにしていた。でも、その子はずっといいつづけるんだ。ぼくは役立たずで、セリフもぜったいに覚えられないって」あのとき、ステージにぶちまけたチーズとトマトピザの味まで思い出せるほどだ。「あれが起こったとき、その子はぼくのすぐうしろに立っていた。その子の笑い声まできこえた」

「うん」チャーリーがいった。チャーリーの目にも涙《なみだ》が浮《う》かんでいるようだ。

「あれがあってから、ぼくはいろいろなことを心配しはじめた」

「どんなことを？」

「なにもかも。学校に遅刻《ちこく》するかもとか、質問《しつもん》に答えられないんじゃないかとか、病気かもとか、母さんと父さんが病気になるかもとか、地球温暖化《おんだんか》も、シャワールームにとじこめられることも、となりの家の犬もそう。学校集会でパニックになるのもこわいし、なかまはずれも心配。とにかく、なにもかも。そして、その子が（いまでも名前は口にできない）、ぼくが役立たずだといえばいうほど、どんどんひどくなった」

「それは……ひどいね」チャーリーがいった。「それは、どれぐらいつづいたの？」

ぼくは思い出そうとした。そして、思い出した。

「あれは、とまったわけじゃなかった。そうじゃない。五年生の真ん中あたりのある日の朝、その子は急に学校にこなくなった。となりの席の子は、もうもどってこないだろうっていってた。信じられなかったけど、その子の家の前に『売り家』の看板《かんばん》が立ってたんだ。人生で最高の日だったな」

「悲しい話だね、ジョシュ」

「その後も、なにもかもが不安でしょうがないのはつづいたんだけど、すくなくとも、それを母さん、父さんに伝える勇気はでてきた。それで助けてくれる先生にも出会えた。その先生から、不安に立ちむかう戦略《せんりゃく》やなんかを教えてもらった」

「つらかったろうね」

ほんのしばらく、ぼくはタイムトラベルした。コリンズ先生の部屋で泣きながらランチを食べている場面にだ。先生は、ぼくに、きっとうまくいくようになるといいつづけているし、ぼくはそれを信じようとしている。

「あのときはたしかにつらかった。でも、結局はうまくいくようになりはじめた。それなのに、ここに引っ越《こ》すことになっちゃった」

「うん」

こうして、チャーリーに話すことで、ちょっとだけ気分はよくなった。すくなくとも、チャーリーはしつこくきかなくなるだろう。

「これでわかってもらえたよね。どうして、ぼくがこの劇《げき》にでられないか」

「なにいってるの、ジョシュ。これで、ジョシュが劇《げき》にでる意味がはっきりしたんじゃない」

「え？」

「その女の子を勝ち逃《に》げさせちゃだめだよ」チャーリーがいった。「そんなの、わたしがゆるせない」

「どういうこと？」

「ジョシュはほんとうにいい役者だよ。それに、ジョシュだって楽しんでたでしょ？」

「うん、まあ。だけど……」

「もし、ジョシュがやらなかったら、いつまでもその女の子の思い通りになっちゃう。そんなことには、わたしがさせない」

「むりだよ」ぼくはつぶやいた。「たったいま、ぼくがどんなだったか見たでしょ？　きっと、セリフはもう覚えられないんだ」

「そんなことないよ」チャーリーがいった。ぼくより一一〇パーセント自信たっぷりだ（算数的に正しくないのはわかってます、ライト先生）。「だって、今回は、わたしが助けるから」

「どうやって？」

「セリフを反対からでもいえるぐらい、徹底的《てっていてき》に練習するから。ランチタイムには毎回やろうよ」

ツナマヨのついたベイクドポテトが頭に飛んできた、いやな記憶《きおく》がよみがえる。

「できないよ。みんなが見てるところでなんか。特にノアがいるところじゃ」

「そうか、わかった。それなら、つぎのプランを考える」

「どんな？」

チャーリーの頭がゆっくり前にかしいだ。まるでロボットが考えているみたいだ。

「できるかどうか、ライト先生にきいてみなくちゃ。でも安心して。ひとつ、すごいアイディアを思いついたから」

26

「お泊《と》まり会？」母さんがいった。「チャーリーのお母さんはいいっていってるの？」

「だめな理由でもある？」

母さんはキッチンのテーブル越《ご》しに父さんを見た。「だって、それは……」

父さんも母さんを助けようとした。「だって、それはだな……」

ウィローは口のなかのフルーツサラダをゴクンと飲みこんで、ズバリいった。

「チャーリーが女の子だからだよ。バッカじゃない！」

「ぼくがセリフを覚えるのを手伝ってくれるだけなんだけど、なにがいけないの？」

父さんはスプーンでパイナップルのかけらをつついている。

「ああ、でもちょっとばかり、ふつうじゃないだろ？　お泊《と》まりっていうのは。セリフのことなら、これまではいつだってぼくが相手をしたのに」

「それかデイブね」ウィローがいう。

「チャーリーと練習しなくちゃいけないんだ。ぼくたちは、最初から最後までおなじシーンにでるんだから。ぼくたちは相棒《あいぼう》なんだ」

母さんとウィローが、うさんくさそうにぼくを見た。ふたりが「女の子の相棒《あいぼう》」についてどんな気持ちでいるのかすっかり忘《わす》れてた。

「ていうか、相棒《あいぼう》というよりは対等なパートナーかな。それにライト先生も、ぼくたちふたりはすごくうまくやってるっていってる」

「わかったわ」母さんは皿を集めて食洗機《しょくせんき》にいれた。「なんとかしましょ。あした、学校が終わってからでいいわよ。夕食はどうする？　チャーリーはなにが好きかな？　それとも、なにかテイクアウトでもする？」

最初は、リュックにいれてこっそり持ち帰ろうかと思っていた。でも、ライト先生が、チャーリーについて一度父さんと話したいといいだした。チャーリーのロボットがいかに高価《こうか》なものなのか、そして、ぼくが充電《じゅうでん》をし忘《わす》れないようにするのがどれほど大切なのかを伝えておきたいんだそうだ。というわけで、父さんと母さんには、どっちみち話さなくちゃいけなくなる。ふたりが気味悪がったりしなければいいんだけど。

「食事の心配はしなくていいんだ、母さん」

「べつに心配してるんじゃないの。でも、せっかくなんだからあなたのお友だちに、好きなものを食べてもらおうと思って。ほら、セント・アンドリューズの男の子が、チーズが大きらいだったことがあったでしょ？」

ウィローは、大笑いしてあやうく椅子《いす》からころげ落ちそうになった。

「チーズを見たときのあの子の顔ったら、ひどかったよね！」

「えっと、そういうことじゃないんだ、母さん。食べるものの心配をしなくていいのは……チャーリーはロボットだからなんだ」

ウィローはぴたりと笑うのをやめた。

父さんは、口のなかでチッチッと変な音を立てている。

母さんは……ひどくとまどっている。

「ごめん、ジョシュ。いまあなたは、チャーリーはロボットだっていったの？」

「正確《せいかく》にいうとちがうんだけどね。でも、チャーリーは学校にくることができなくて、それで、教室には、チャーリーの代わりに白い小さなロボットがおいてあるんだ。チャーリーはそれを家のパソコンでコントロールしてる」

「ああ、なるほど」母さんがいった。「それなら、きいたことある。長期間の健康問題をかかえた子は、すごく孤独《こどく》になりがちなのよね。それで、ロボットを通じてクラスのなかまとつながりを保《たも》って、学校生活を疑似《ぎじ》体験するすばらしい方法だって」

「わたし、校庭で見たことある。ジョシュといっしょに校庭にいたよね」ウィローがいった。「理科のプロジェクトかなんかだと思ってた」

父さんはすごく興奮《こうふん》しているようだ。いまにも歌いだしそうなぐらい。

「学校劇《げき》にロボットがでるんだって！　そいつはすごいな」

母さんもすごく興奮《こうふん》している。

「その件《けん》については、わたしももっと知っとかなくちゃね。チャーリーに会うのが待ちきれない！」

「それなら、あしたはジョシュがチャーリーをつれて家まで歩くといい。ぼくはいつも通り、ウィローを迎《むか》えにいくから。そろそろ、ジョシュもひとりで家に帰っていいころだと思うんだ」父さんがいった。

「うん、そうする」

家族のなかで、ウィローだけが悲しそうな顔をしている。最初、ぼくとチャーリーといっしょに家に帰らないのが悲しいのかと思ったけど、そうじゃなかった。

「ジョシュの新しい友だちが学校にこられないんだとしたら」ウィローは空になったボウルをじっと見つめている。「その子、ものすごくたいへんな病気なんじゃない？　その子、どこが悪いの？」

ぼくは正直にいった。「それが、ぼくもよく知らないんだ」

27

「いい、どうかどうかおねがいだから、じゅうぶんに気をつけてね」ライト先生がいった。「万が一のことがあったら、ダリー校長はショックでしょうね」

「心配しないで、先生」チャーリーがいった。「ジョシュがバカなことをしないように、ちゃんと見《み》張《は》ってますから！」

ライト先生は微笑《ほほえ》みながらチャーリーを手わたしてくれた。

「いまは４Ｇでつながってるから、帰り道もチャットできるわよ。でも、ジョシュの家に着いたら、すぐにおうちのＷｉ－Ｆｉにつないでね。心配しないで。ジョシュのお父さんにはちゃんと説明しておいたから」

校庭を見わたすと、ほとんどだれもいないのでほっとした。バカげているとは思うけれど、ロボットとお泊《と》まり会をすることは秘密《ひみつ》にしておきたかった。

「そろそろいかなくちゃ、先生。妹が……それと妹のウサギがチャーリーと会うのをすごく楽しみにしてるから」

「よくわかるわ」ライト先生は、虹色《にじいろ》の髪《かみ》の先をいじりながらいった。「それと、これだけは忘《わす》れないでね、ジョシュ。ほんのちょっとでも雨が降《ふ》りはじめたら、ロボットを防水《ぼうすい》ケースにいれてね。それから、あしたのためにフル充電《じゅうでん》するのもぜったい忘《わす》れないでよ」

「だいじょうぶです」チャーリーがいった。

「ふたりが劇《げき》にでるって決めてくれて、ほんとうにうれしい。ふたりとも、すごくりっぱよ」そういってぼくたちを見送るライト先生は、ずいぶん気持ちが高ぶっているみたいだった。

ぼくは自分がりっぱだとは思えない。劇《げき》の本番が近づけば近づくほど、これまででいちばんおそろしくてバカなことをやってしまうんだという思いがどんどん強くなる。それでも、先生のことばになんとかうなずいて、ぼそっと返事をした。

「ありがとう、先生」

「本番まではあとたったの一週間よ」先生は人差し指と中指を重ねる幸運を祈《いの》る仕草をしながらいった。「わたしはすごく楽しみ。あなたたちは？」

＊　＊　＊

ノアとイーサンがバス停《てい》のあたりにいるのを見て、いやな気分になった。

「まいったな、あいつらだ」

「ほっときなよ」チャーリーがいった。「ノアなんて、『口だけ番長』なんだから」

「どういうこと？」

「母さんお気に入りのことわざみたいなもので、口先ではぎゃーぎゃーいっても、なんにもできないってこと。前にあいつをコケにしてやったとき、ただじゃすまないからな、っていってたけど、なんにもしてこないでしょ？」

「たしかに」

だとしても、ノアとイーサンがぼくを見たとき、いやな気分はもっと強くなった。

「ハロー、ジョシュアちゃん」ノアがケンタッキーフライドチキンの看板《かんばん》のうしろからとびだしていった。「C-3PO《シースリーピーオー》とデートにおでかけか？」

「だとしたらなに？」チャーリーがいった。「あんたとは関係ないでしょ」

「ぼくたちは家でセリフの練習をするんだ」かんちがいされたくなくて、ぼくはそういった。「本番までリハーサルはあと三回しかないから」

「ああ、そうだな」ノアは意味ありげにニヤリとする。「せいぜいがんばって覚えてこいよ」

「ふたりともよかったよ」イーサンがいった。「ビクトリア女王の戴冠式《たいかんしき》のふたりのシーンは、あんまりおもしろくて、うっかりガスマスクの用意を忘《わす》れそうだったよ！」

「あれがおもしろかったってか？」ノアがいった。「ほんとうにおもしろいってことがどういうものか、おれが見せてやるよ」

「どうぞやれば」チャーリーがいった。「見せなさいよ」

ノアは口元にぎゅっと力をいれた。母さんが口紅《くちべに》をつけるときみたいに。

「まあ、待ってろって。心配するな。おまえとトイレット・モンスター・ジュニアはすぐに思い知るからな。いくぞイーサン」

「口だけ番長」とかいうことばは、ほんとうなのかもしれない。だとしても、歩き去るふたりを見ていて、ぼくの背中《せなか》にはゾクッと冷たいものが走った。

「あいつ、なんのことをいってるのかな？」

「なんでもないよ」チャーリーがいった。「さあ、いこう。ジョシュの妹のウサギに早く会いたくてたまらない！」

歩きはじめて何分もたたないうちに、なにかうめき声のようなものがきこえた。すごく変な音で、思わず立ちどまって耳をそばだてた。

「きみにもきこえてる?」

「不気味だね」チャーリーは頭をゆっくりまわしながらいった。「なんの音か、たしかめた方がいいんじゃない?」

困《こま》ったことに、チャーリーが頭をむけた方向になにがあるのか、ぼくも気づいてしまった。

「やめた方がいいんじゃないかな。父さんにはまっすぐ帰るっていってあるし」

「でも、だれかが困《こま》ってるみたいだよ。救急車《きゅうきゅうしゃ》とかが必要かもしれないじゃない」

「きみにはわからないと思うけど」ぼくはなんの音なのかさぐりながらいった。「あれはノーマンの家なんだ」

「だれ?」

「コミュニティー・センターにいたお年寄《としよ》りだよ。ぼくらがパソコンのことを教えようとした」

タイミングとしてはあまりにも場ちがいだと思うけれど、チャーリーが大声で笑いはじめた。

「ああ、ノーマン・ゴーマンね!」

「あの人は、毎日二回、わざわざでてきて、ぼくたちにガミガミいうんだ。あんな意地悪なおいぼれ、見たことないよ」

「たぶん、さびしいんだと思うな」チャーリーがいった。

「父さんもそういうけどね」

ぼくはもうしばらくそこに立って、変な声がおさまるのを待った。でもおさまらない。それどころか、だんだん大きくなってきた。

「わかったよ」ぼくはそういって、しぶしぶノーマンの庭に近寄《ちかよ》り、門をおした。「一応《いちおう》、たしかめるね」

「ほら、あそこ！」チャーリーがいった。

ぼくはチャーリーをしっかりかかえて、芝生《しばふ》の上を走った。

「ノーマン、ノーマン、だいじょうぶ？」

ノーマンはツツジの前にひざまずいていた。ひざはぬれた草にうもれ、杖《つえ》は手の届《とど》かないところにころがっている。しわだらけの頰《ほお》に涙《なみだ》が光っているのを見て、あの不気味な音がなんだったのかわかった。

「立たせてあげて」チャーリーがいった。「きっと、ころんじゃったんだ」

ノーマンは、最初、ぼくたちを見てびっくりしていた。それから、うめくのをやめて文句《もんく》をいいはじめた。

「おれはころんだりしてないぞ。かまうんじゃない。ベリルと話してただけだ。立てないけどな」

「手伝うよ」ぼくは杖《つえ》をノーマンににぎらせ、反対の腕《うで》をかかえて立たせようとした。

「ゆっくりやれよ。おまえのいう通り、おれはおいぼれだからな」

「あれはごめんなさい」

「まあ、いい。痛《いた》くもかゆくもない」ノーマンのゼイゼイいう呼吸音《こきゅうおん》はすごく大きくて、父さんなら新しい着メロに使うかもしれない。「もう一回ためすぞ、いいな？」

今回は、さんざんジタバタもがき、悪態《あくたい》もたくさんついた末に、ノーマンはようやく立つことができた。

「ところで、おまえはここでなにをしてたんだ？」ノーマンはありがとうのひとこともなくそういった。「また、ゴミをまき散らしにきたんだな？」

「まさか、そんなこと！」

「ちっちゃいお友だちもいっしょじゃないか。チャーリーだったな？」

「ワオ。覚えてたんだ。すごい！」ぼくはいった。

「ふざけるな。たしかに年寄《としよ》りかもしれんが、だれかの名前を思い出すたびにメダルがもらえるほどじゃないぞ」

「泣き声がきこえたけど」チャーリーがいった。「だいじょうぶ？」

ノーマンはあんまり清潔《せいけつ》そうには見えないハンカチをひっぱりだし、顔をぬぐった。

「泣いてたんじゃない。さっきもいっただろ。ベリルと話してたんだ」

ぼくはそのベリルっていう女の人はどこにいるんだろうと、庭をさがした。

「ああ、そうなんですね」

「さあ、とっとと帰れ」いつものノーマンにもどってそういった。「一日一善《いちにちいちぜん》はこれですんだだろ。あとはほっといてくれ」

「その前に、ほんとうにもうだいじょうぶなのか、確認《かくにん》したいんだけど」とチャーリー。

ノーマンは肩《かた》をすくめると、ぼくの方に片腕《かたうで》をのばした。

「勝手にしろ。パティオまでつれてってくれ。そこでひと休みだ」

ぼくはノーマンをさびたガーデンチェアまでつれていった。チャーリーをさびたガーデンテーブルにおいて、ぼくはノーマンのむかいの椅子《いす》にすわった。

「ベリルってだれ？」チャーリーがいった。「だれもいないけど。ねえ、ジョシュ？」

「うん……まあ」

「そりゃそうだ」ノーマンは悲しげに微笑《ほほえ》んだ。「ベリルは六年前に死んでるからな。結婚《けっこん》して六十二年もいっしょだった。あそこでベリルと話すんだ」

頭に、ちょっとばかり気味の悪い想像《そうぞう》が浮《う》かんだ。

「あそこに埋《う》まってるってこと？」

ノーマンの口から、あたたかいかすれた笑い声がきこえてきて、心底びっくりした。ノーマンの笑い声なんて、きいたことがなかった。

「バカなこというな。ベリルはこの庭が大好きだったんだ。だから、ここで思い出すのが好きなだけだ」

「ノーマン？」チャーリーがぐるっと頭を一回転させていった。「ちょっときいていい？」

「好きにしろ」ノーマンは歯の欠けた笑顔《えがお》を見せた。「だが、おれがロボットとしゃべってるのを、もしおれのおっかさんが見たらぶったまげるだろうな！」

「ただちょっと気になったんだけど」チャーリーがいう。「その、えっと、ベリルとはなにを話してたの？」

「知りたけりゃ教えるが、おれはあやまってたんだ」

「なにを？」

ノーマンは骨《ほね》ばった手をコートのポケットにつっこんだ。

「今年の夏は結婚《けっこん》六十八周年なんだ」

「おめでとう。それって、すごいよね、ジョシュ？」

「ああ、うん」

「これまでの六十七年、ベリルが病気だったときと、息子《むすこ》のベンが子どものころ、ピーター・パン遊園地で足首を折ったとき以外は、雨が降《ふ》ろうと、カンカン照りだろうと、いつもおなじ方法で祝ってきた」

「それって、ロマンチックだね」チャーリーがいった。「それってどんな方法？」

ノーマンは舌《した》で唇《くちびる》を湿《しめ》らせた。

「まずはフィッシュ・アンド・チップスをふたつ買う。塩とビネガーをたっぷりかけたやつをな。それから、桟橋《さんばし》のはしの景色のいい場所にベンチを見つけて、おたがいにこういうんだ。『愛してるよ、永遠《えいえん》に』ってな。そして、大笑いするのさ！」

「すてきだね」チャーリーがいった。「だけど、ベリルになにをあやまったの？」

「ずいぶん質問《しつもん》の多い小僧《こぞう》だな」

「チャーリーは女の子だけどね。最初にノーマンに紹介《しょうかい》したときにはぼくも知らなかったんだけど」

「ねえ、質問《しつもん》に答えてないよ」チャーリーがいった。「なにをあやまってたの？」

ノーマンはまたハンカチをひっぱりだして、それで鼻をかんだ。

「知りたきゃ教えてやるよ。ベリルには今年は約束を果たせないっていってたんだ。医者の命令さ。

去年はなんとかやりとげた。だが、むかしなじみのリウマチのやつが、悪さをはたらきやがってな。とてもじゃないが、栈橋《さんばし》の先までいくのはむりだ」

あまりにもしょげているので、なんと声をかけていいのかわからなかった。

「それは……くやしいね、ノーマン。でも、なにかできることがあるんじゃないかな」

「ジョシュのいう通り」チャーリーがいった。「きっと、なにかあるよ」

ノーマンは首を横にふった。

「むりなんだ。老いるってことは、おまえやコンピューターにはどうすることもできないのさ。タイムマシンでもあれば、べつだけどな！」そういったノーマンは、はじめて、ぼくにまっすぐ微笑《ほほえ》みかけた。「どっちにしろ、おまえには、よぼよぼのクソジジイの話をきいているよりましな用事があるだろう。さあ、そのちっこい『お友だち』をつれていって、おれを静かにほっといてくれ」

28

家族にチャーリーを紹介《しょうかい》するのを、あんなに心配する必要なんてなかった。最初、ロボットと話すのに慣《な》れるには、何分かかかった。でも、チャーリーが目のモードを切り替《か》えたり、どのパーツが動くのかやってみせたり、アレクサにチャーリーの好きな曲を歌わせたり、居間《いま》に貼《は》ってある父さんの公演《こうえん》のポスターをことこまかに説明することでちゃんとこちらを見ていることを証明《しょうめい》すると、みんなすぐに慣《な》れた。

ウィローがチャーリーを庭につれだす前に、ぬいぐるみのヴィッキベアとビーバー一家のうちのひとりを結婚《けっこん》させる時間さえ見つけだした。

「ほんとうにだいじょうぶだと思う?」デイブのケージの掛《か》け金をはずしてドアをあけようとするウィローに、ぼくはいった。「ダリー先生はあんまりよろこばないと思うんだけどな」

ウィローは月面を歩く以上に最高のアイディアだと思っているのはあきらかだ。

「デイブにお客さんがきたことは一回もないんだよ。さあ、ジョシュ、パニックンみたいにそんなにくよくよ心配しないで」

「ちょっと待ってよ、そのことばは……」

「ウィローのいう通りだよ」チャーリーがいった。「こんなチャンス、ほかにあると思う？」

「まあ、たしかにね」ぼくはチャーリーをケージのなかにいれ、デイブが逃《に》げだす前にドアをしめた。

「だけど、もしきみがウサギのウンチまみれになっても、ぼくを責《せ》めないでよ」

ウィローは金網《かなあみ》に鼻をおしつけている。

「ハイ、デイブ。ハイ、チャーリー。小屋のなかはどんな感じ？」

「すごいよ」チャーリーがいった。「こんなにかわいい子、見たことない。ペットがほしくなっちゃった。ウィローはすごくラッキーだね」

デイブはどう見てもウォーターボトルの方に気を取られているようだったけれど、チャーリーはウサギと話せると本気で考えているみたいだった。

「そこのかわいい子はだれかな、だれかな？　ねえ、デイブ、遊びましょ、遊びましょ」

ありがたいことに、裏口《うらぐち》で母さんが「ごはんですよ」と声をかけてくれた。

「ええ、そんなー」ウィローがいった。

チャーリーも残念そうだ。「あと、もうすこしだけ……」

「さあ、いこうよ」ぼくはデイブのはじめてのお客さんをケージから救《すく》いだし、家まで走ってもどった。

「チャーリーの席はジョシュのとなりね」母さんがいった。「いっしょに食べるわけじゃないから、あんまり意味はないけど、その方がいいかなと思って」

「ありがとうございます、ミセス・パターソン……ていうか、エイミー」チャーリーはそういうと、ぐるっと頭を一回転させてキッチンをチェックした。「きょうの夕飯は、母さんがわたしの部屋に運んでくれたから、いっしょに食べられるんです」

「うちはチキン・トルティーヤだよ」ウィローがいった。「そっちは、なあに？」

「ちょっと待って。これはマッシュルームとベーコンのパスタで、チーズソースだね。母さんありがとう」

「なあ、チャーリー」父さんがとてつもなく困《こま》ったような表情《ひょうじょう》で話しはじめた。「ゾウが一頭いるんだけど、そのゾウはどうやってチキン・トルティーヤを注文したと思う？」

「ぜんぜんわかんない」チャーリーがいった。「そのゾウは、どうやって注文したんですか？」

父さんは鼻を肩《かた》におしつけ、腕《うで》をゾウの鼻みたいにふりまわしながら、変な声をだした。

「チキン・トルティーヤがほしいゾウ」

「さてと」母さんが割《わ》りこんだ。父さんにミニにのりこむゾウのジョークをいわせないためだ。「わたしたちはね、今度の劇《げき》にあなたが出演《しゅつえん》するのを、すごく楽しみにしてるのよ、チャーリー。あなたが劇《げき》に参加できるのは、すごくすてきなことだと思う。あなた本人が参加できるわけじゃなくても、あら、えっと、そんなつもりじゃなくて……」

「とてもすばらしいと思います」チャーリーがいった。

母さんは安堵《あんど》の思いをかくせないまま、ほっとため息をついた。

「正直いうと、わたしたちはちょっとばかり、おどろいたのよね。ジョシュが劇《げき》にでるってきいて。わたしたちがどんなに誇《ほこ》らしく思っているかうまく伝えられないぐらい」

「誇《ほこ》りに思っていいです」チャーリーがいった。「ジョシュはすごくおもしろいんですよ、ね、ジョシュ？」

「きみがそういうのなら」

「コメディっていうのは笑いをねらっちゃだめなんだ」父さんがめずらしくすごく真剣《しんけん》な声でいった。「演技《えんぎ》が真に迫《せま》れば迫《せま》るほど、おもしろくなるんだよ。たとえそれが、トイレット・モンスターの役だとしてもね！」

「ええ、そうね……とにかく」母さんは、自分のチキンにサルサソースをスプーンで足していった。

それから、急に仕事モードに切り替《か》えた。「ねえ、チャーリー、あなたはどう思ってる？　分身ロボットを使うってことを。友だちとの関係を保《たも》つには、すごくいい方法なんじゃない？」

「ええ、まあ」チャーリーの声が、とつぜんすこしばかり遠ざかったような気がした。

「もちろん、それまで通りとはいかないでしょうけど」母さんが同情《どうじょう》するようにいった。「きっと、またもとにもどれるのを、すごく楽しみにしてるんじゃないかしら？」

とつぜん、キッチンが静まり返った。

最初、役立たずの家庭用Ｗｉ－Ｆｉのせいかと思った。でも、やがてチャーリーが話しはじめたのでそうじゃなかった。

「あの……ちょっとログアウトします。ちょっとだけ」

母さんはメガネをはずして両手で顔をおおった。

「いったい、わたしはなにを考えてたの？　あのかわいそうな子のこと、ほとんどなんにも知らないのに。なんてバカなこと、きいちゃったの」

「のこりのご飯は部屋に持っていって、おまえもひと休みするといいよ、ジョシュ」父さんはそういって、トレイをつかみ、チャーリーのロボットと、食べかけのぼくのチキン・トルティーヤとフルーツサラダのボールをのせた。「チャーリーがもどってきたら、自分の部屋でセリフの練習をすればいい」

「忘《わす》れないで伝えてね。わたしは、チャーリーはすっごく最高にすてきだって思ってる」ウィローがいった。「デイブもそう思ってる」

29

「もどったよ」チャーリーがいった。

ぼくはフルーツサラダを五分前に食べ終わったところだ。チャーリーが心配でたまらなかった。

「だいじょうぶ？」

「うん、いまはね。そこはどこなの？」

「ぼくの部屋」

チャーリーはあわててかたづけたベッドサイドテーブルの上においてある。チャーリーはそこからぐるりと部屋をチェックした。

「床《ゆか》の上のグリーンのなんか変なものはなに？」

「なんでもない」ぼくはそういってパニックパックンをベッドの下にけりこんだ。ぼくの人生に登場した二台のロボットが「ご対面」なんてことにはならない方がいいに決まってる。「ウィローが学校の工作で作ったものかなんかだよ」

「わたしがオフしてるあいだになにかあった？　第三次世界大戦がはじまったとか？」

「なんの話？」

「ちょっとゴタゴタしたでしょ？」

「ゴタゴタが見たいんなら、ぼくのベッドの下、のぞいてみる？」

「えんりょしときます！」

すくなくとも、さっきよりは元気みたいだ。

「母さんがよけいなこといったみたいで、ごめんね」

「なにいってんの！　すごくすてきなお母さんじゃない。ジョシュは自分がどれだけラッキーかわからないと思うけど」

「え？」

「ジョシュの家族はみんなすごくすてき。お父さんはわたしが知ってるなかじゃ、いちばんおもしろいし、妹さんはかわいいし。それにデイブまでいるんだからうらやましいよ」

父さんにはチャーリーがおもしろいっていったこと、ぜったい伝えないでおこう。調子にのってゾウのジョークをつぎつぎくりだすかもしれないから。

「うん、まあ、ありがとう。ほら、母さんがきみを尋問《じんもん》しはじめたからさ。きみには話したくないことがあるのに、それをききだそうとしたから」

「ねえ、ジョシュ」チャーリーが声を落としてささやいた。「話しておかなきゃいけないことがあるんだ」

どんな話なのか、まったく想像《そうぞう》もつかない。それなのに、なぜかぼくのききたくないことだろうというのはわかった。「え、なに？」

「うん、それはね、えっと……ちょっと待って、それってゲーム機？　サッカーゲームでコテンパンにしてあげる」

「うん、いいよ。ログインしたら教えて。ゲームをはじめよう」

「ごめん、ジョシュ。まだ心の準備《じゅんび》ができてないや。話しておかなきゃいけないこと、いまはまだ話せない」

「ねえ、先にセリフの練習をやってしまおうよ」ぼくもパニックパックンのこと、話した方がいいのかどうか半分迷《まよ》いながらいった。「おたがいに話したいことは……あとまわしでいいんじゃないかな」

「そうだね。セリフが先だね。その前に、そこのサッカーボール型《がた》のライト、どうにかできない？　光が直接《ちょくせつ》目にはいってまぶしいんだけど」

「ああ、ごめん。これでどう？」

「うん、だいじょうぶ。ありがとう。確実《かくじつ》に覚えるのに、セリフを三回くり返さない？　ほかの役のセリフは全部わたしが読むから」

「うん、いいね」

一回目はすごく緊張《きんちょう》して、ぼくはベッドに丸まって、枕《まくら》にむかってセリフをいった。

「二十六世紀《せいき》にようこそ。わたしはサム。百三十七億九千八百万年の旅のガイドをつとめます」

そんな調子だったので、女性参政権《じょせいさんせいけん》運動のシーンでちょっと口ごもっただけで二千年まで通せたときには、すごくほっとした。二回目は自信がでて、ベッドに腰《こし》かけて、直接《ちょくせつ》チャーリーにむかって話せた。

三回目には最後までしっかりできた。ちゃんと本番でやるのとおなじように、チャーリーをかかえて、部屋のなかを歩きまわりながら。観客はたんすの上にすわっているつもりだ。とうとう、できるようになったみたいだ！

「紳士淑女《しんししゅくじょ》のみなさん、ありがとうございました。今宵《こよい》、みなさんはタイムトラベルをお楽しみいただけたことでしょう。残念ながら、まだガイド料をいただいておりませんので、ルーシーが帽子《ぼうし》を持ってみなさまのもとへうかがいましたら、どうぞ気前よくお支払《しはら》いのほど、おねがい申しあげます」

「ほらね」チャーリーがいった。「なんにも心配いらないよ。もう完璧《かんぺき》だって」

「うん、そうかもね」ぼくはチャーリーをテーブルにもどすと、どさりとベッドにたおれこんだ。

「だけど、見てる人がいるのといないのとではぜんぜんちがうから」

「だいじょうぶだって、ジョシュ。保証《ほしょう》するよ」

とつぜん、なんの前ぶれもなく、あの『スクルージのロックンロール・クリスマス』のシーンが頭に浮《う》かんだ。

「また、あれが起こったらどうしよう？　前回の劇《げき》の話はしたよね」

「あんなことは起こらないよ。その……転校したひどいやつに見せつけてやればいい」

ぼくは天井《てんじょう》をにらみながら、チャーリーのいうことを信じようとした。

「きみは問題ないと思うよ。なにに対しても自信たっぷりだもんね。ぼくはなにもかもが心配だから」

「ジョシュはわたしのこと、なんにも知らないくせに。さっきも話そうとしたんだけど」

「それはいいから、サッカーゲームをやらない？」

でも、チャーリーはぼくを無視《むし》して話しつづけた。

「わたしが学校にいけなくなった理由を話したいんだ。どうして自分の部屋にひきこもって、ロボットを通して話してるのかを」

「いや、いいよ。むりに話さなくていい。なんていうか、たぶんぼくはきかない方がいいんだと思う」

「わたしが学校にいけなくなったのはね……それは、えっと、むりだから」

「うん、わかってる」チャーリーはくわしく話さないことにしたようだ。ぼくはほっとした。「病気のせいなんだよね？」

「うん、そう。病気なんだ。たぶんジョシュが思ってるような病気じゃないけどね」

「じゃあ、どんな？」

「わたしだけの病気だと思ってた。でも、お医者さんやカウンセラーは、たくさんの人がかかる病気だっていってる」

「それは、どんな？」

トイレット・モンスターがウィローを追いかけまわす音がする。チャーリーはウィローのはしゃぎ声が静まるのを待った。

「ジョシュは登校拒否《きょひ》って知ってる？」

なにかの罠《わな》じゃないのだとしたら、あまりにもわかりやすい質問《しつもん》だ。

「うん。学校に登校するのを拒否《きょひ》するってことだよね」

「まあそんな感じ。学校恐怖症《きょうふしょう》とか、不登校って呼《よ》ぶ人もいる。でも、わたしはね、学校にいきたくないわけじゃない。いけないいんだよ」

かわいそうなチャーリー。いまにも泣きだしそうな声だ。

「なにか飲み物でも持ってくれば？　すこしは気持ちが落ち着くかも」

チャーリーにとって、ことばにするのはすごくつらいんだろう。でも、コリンズ先生がずっとぼくにいいつづけたように、ときには話した方がいいこともある。

「ここに引っ越《こ》してきたのは一年ほど前なんだ。母さんと父さんが離婚《りこん》したから」そう話しはじめたチャーリーの声は、ふるえはじめている。「前の学校がすごく楽しかったってわけじゃなかったから、ウォームディーン小学校にきたら、すこしはマシなんじゃないかと思ってた。それどころか、もしかしたら、わたしにもできるかもしれないって思ったんだ。なんていうか、新しい自分になれるかも、って」

「それで……なにがあったの？」

「ちょっとのあいだはよかったの。でも、父さんがいないのがつらすぎて。それに、自分自身のことも好きじゃなかった。たぶん、そのせいで、だれからも好かれなかったんだと思う」

チャーリーのいう通りだった。ぼくはチャーリーのことを、なにもわかっていなかった。

「もしかして、ノアのせい？」

「ノアが助けにならないのはたしかだけど、ほんとうはノアのせいじゃない。ただ、いろんなことがどんどんつらくなっただけ。毎朝、泣きじゃくってた。母さんはわたしを学校までひきずっていかなくちゃならなかった」

こんなとき、父さんはことわざみたいなことをいうだろうな。「おなじ穴《あな》のムジナ」とかなんとか。

「それで、いつ学校にいかなくなったの？」

「最初は風邪《かぜ》で一週間休んだんだ。そのあと、もどろうと思ったけどむりだった。学校のだれかとオンラインで話すのさえむりだった」

「でも、すこしはよくなったんじゃない？」ぼくはいった。コリンズ先生はいつも前むきに考えようっていってたのを思い出した。「ほら、ぼくが転校してきたときは、ずっとブルーのライトをつけてて、話そうとしなかったじゃない」

「まあ、すこしはよくなった。たぶん。この分身ロボットはライト先生のアイディアなんだ。母さんをだまらせるためだけにはじめたんだけど。段階的暴露療法《だんかいてきばくろりょうほう》っていって、すこしずつ慣《な》らしながらまた学校にもどれるようにしようってこと」

こんなにみじめそうな声をきかされたら、常《つね》に前むきっていうのもむずかしい。

「それで、うまくいった？」

「ログインするたびに気持ち悪くなってた。でも、そこにジョシュが転校してきた」

「イエイ！」そういってみたけど、自分をだますことさえできない。「これできみの悩《なや》みはきれいさっぱりなくなった！　そんなわけないか」

「知りたければ教えておくけど、ジョシュがきてもっと悪くなった。最初にジョシュを見たときにはすごく怖《こわ》かった。でもそのうち、助けてあげられるんじゃないかって思うようになった」

チキン・トルティーヤを食べすぎたせいかもしれないけれど、気分が悪くなってきた。

「どうして、いまそれを話したの？」

「いまでは友だちだから。そうだよね？」

「うん、まあ、そうだけど……」たったいまきかされた話のせいで頭がぐちゃぐちゃだ。それで、ちょっと意地悪かとは思ったけれど、考えてしまった。そもそも相談する相手をまちがってたんだろうか、と。

「そうだけど、なによ？」

「ぼくはなにも心配しなくていい、劇《げき》はきっとうまくいくって、チャーリーは、ずっといいつづけてたよね。いまになって、それをどう信じろっていうのさ？」

「真実だからだよ。わたしはね、ジョシュが思っている以上にジョシュのことわかってる。ジョシュならできる。保証《ほしょう》するって」

「ほんとなのかなあ？」

「ジョシュの家族もみんな誇《ほこ》らしく思うよ。とにかく、これはジョシュにとって、すごく大きな意味があるってだけじゃなく、わたしにとっても大きな意味を持ってるの。こんなすごいこと、やりとげたことないから。演劇《えんげき》クラブをはじめてからずっと、とってもハッピーな気持ちなんだ」

その声はたしかにハッピーそうだ。

「それはよかったと思うよ、チャーリー。それで……学校にはいつごろもどれると思う？」

ドアのむこうでウィローが叫《さけ》んでいる。「おやすみ、ジョシュ。おやすみ、チャーリー。劇《げき》を楽しみにしてるよ！」

でも、チャーリーは答えようとしない。

「学校にはいつごろもどれそうかってきいたんだけど？」

「それは……わからないんだ」チャーリーがつぶやいた。「来学期かもしれない。でもなにより先に、ジョシュに伝えなくちゃいけないことがある」

それがなにかわからないけれど、いまのぼくにはあつかいきれない気がする。もし、さっききかされた話とおなじくらいひどかったりしたら。

「でも、その話は劇《げき》のあとにしない？　劇《げき》まで一週間しかないんだよ。いまは劇《げき》に集中した方がいいと思うな」

チャーリーもぼくとおなじくほっとしたようだ。

「うん、そうだね」

「チャーリーがよければ、もう一回はじめから通してやってみない？」

「疲《つか》れてもうむり。そろそろログアウトした方がいいみたい。お父さんとお母さんに、招待《しょうたい》してくれてありがとうって伝えておいて。それと、充電《じゅうでん》はぜったい忘《わす》れないこと」

＊　＊　＊

三時間後、チャーリーはしっかり電源《でんげん》につながっていたけれど、ぼくはベッドのなかで、目がさえたままだった。

ようやく、じっくり考える時間ができた。すくなくとも、ひとつははっきりした。ウォームディーン小学校に転校してきたときのぼくの気持ちが、チャーリーにはくっきりわかったということだ。ということは、登校拒否《きょひ》の子からアドバイスをもらうのはそんなに悪いアイディアではなかったってこと。

だからといって、チャーリーは劇《げき》の専門家《せんもんか》じゃない。としたら、チャーリーはまちがっているのかも。ぼくはセリフを忘《わす》れて、悲惨《ひさん》なことになってしまうかもしれないじゃないか。『スクルージのロックンロール・クリスマス』が再現《さいげん》されてしまったら？　そして、ぼくはステージの上で吐《は》いてしまったら？　ノアがまたなにか、とんでもない意地悪な計画を立てていたらどうする？

頭を空っぽにしようとしたけれど、ひとつの思いが、ぐるぐるぐるぐる頭をかけめぐる。あと一週間もしないうちに、世界で数すくない、ぼくが心から大事に思う人たちが見ているステージに、ぼくはあがるんだ。

30

「じっとしてて」マスカラブラシを手にした父さんがいった。「あとちょっとで終わるから」

そもそも、どうしてマスカラをつけることに賛成《さんせい》したのか、自分でもわからない。ますます緊張《きんちょう》するのに。

「いそいでよ、父さん。時間かけすぎだよ」

「トイレット・モンスターのメイクにどれぐらい時間がかかるか、わかってるのか？」

「はいはい、七時間半でしょ」もう百回もきかされた。「だけど、ほんとはメイクなんかしなくていいんだよ。ほかにはだれもやってないから」

父さんは目をむいておどろいている。

「これは、ただ舞台《ぶたい》のライトの下で、はっきり見えるようにしてるだけなんだぞ。観客に顔がはっきり見えなくて、どうやってまともに伝えられるっていうんだ？」

ライト先生は、みんなが「興奮《こうふん》して走りまわったりしないように」するために、衣装《いしょう》は家から着てくることにした。ぼくの準備《じゅんび》は一時間前にはもうできていたのに、父さんが「幽霊《ゆうれい》みたいに青白い顔」で舞台《ぶたい》に立たせるわけにはいかないといいだして、自分のメイキャップ・ボックスをひっぱりだしてきた。

「冷蔵庫《れいぞうこ》の横に立ってみて」父さんがいった。「できばえはどうかな？」

「あら、まあ、す、すごくすてきね」そういった母さんの表情《ひょうじょう》は、ことばとは裏腹《うらはら》だった。「わたしたち、すごく誇《ほこ》らしいわ、ジョシュ」

いいかげん、おなじことをくり返すのはやめてほしい。うまくやれないかもしれないのに。

「どうしてジョシュは、ランプシェードをかぶってるの？」ウィローがいった。

「ほかの役の子の親ごさんは、楽でいいわよ」ぼくの衣装《いしょう》作りに半分徹夜《てつや》した母さんがいった。「ヘンリー八世の時代の人がどんなかっこうをしてたのかは、わかってるんだから。だけど、二十六世紀《せいき》のツアーガイドがどんな服を着てるかなんて、どうしてわかるっていうの？」

父さんがスマホをかまえた。「最高だぞ、ジョシュ。でかける前に一枚撮《まいと》っておこう」

「緊張《きんちょう》してないよね、ジョシュ？」母さんがいった。

緊張《きんちょう》しすぎて、シャツのボタンをとめるのにも一週間ほどかかった気がした。それでも、なんとか笑顔《えがお》に見えそうな表情《ひょうじょう》をしぼりだして、つぶやいた。

「ちょっとだけね」

ウィローがとんできてぼくの手をにぎり、いっしょに写真に写った。

「わたしが宿屋のむっつり親父《おやじ》役をやったとき、父さんは緊張《きんちょう》するのは悪くないっていってたよ。役に気を配ってる証拠《しょうこ》なんだって」

「先にジョシュを車で学校まで送るよ」父さんがいった。「その帰りにノーマンをのせてくる」

「ちょっと待って」ランプシェードが頭から落ちそうになるのをおさえながらいった。「ノーマンがどうしたって？」

「あれ、話さなかったっけ？　ノーマンは『なにもかもがウサギで解決《かいけつ》するわけじゃない』の台本作りを手伝ってくれてるんだけど、気が変わって、お前の劇《げき》を観《み》にくることにしたんだよ」

「べつにいいでしょ、ジョシュ？」母さんがいった。

「うん、まあ」

父さんは車のキーをふりながらいった。「さあ、ショーがはじまるぞ」

母さんは高級な香水をつけて、新しいドレスを着ている。「がんばって《ブレーク・ア・レッグ》、きっとうまくいく。あなたにはできるって信じてる」

「ありがとう、母さん」

「心配しなくてだいじょうぶだよ」ウィローがささやいた。「また吐《は》いたりしないから」

＊　＊　＊

父さんの車はなかなかエンジンがかからなかった。そのせいで、学校の講堂《こうどう》に着いたのはぼくが最後だった。ほかのみんなは床《ゆか》にあぐらをかいて車座《くるまざ》になり、ライト先生が流すリラックス効果《こうか》のある音楽をきいていた。

「よかった、きたのね」先生は劇《げき》の本番用に染《そ》めた特別の髪《かみ》から手をパッとはなしていった。「そろそろ捜索隊《そうさくたい》をださなきゃって思ってたのよ！」

ルビーが手をあげた。「ジョシュはどうしてランプシェードをかぶってるの？」

ノアはその場にいなかった。もしいたら、とんでもなくひどいことをいったにちがいない。

「これはその、なんていうか、未来っぽいかなって」

「まさにその通りだね」ライト先生がいった。「そういえば、ジョシュ、教室にいって、チャーリーをつれてきてくれない？　チャーリーには六時半にログインするようにいってあるんだ。そうすれば、みんなでいっしょにウォーミングアップできるから」

父さんは劇《げき》の初日っていうのは、嵐《あらし》の日に、目かくしをしたまま、ナイアガラの滝《たき》を一輪車で綱渡《つなわた》りして横切るより緊張《きんちょう》するものなんだと、よくいっている。ぼくはそれをきくたびに大げさなことを、と思っていたけれど、二階の教室にむかっていそぎ足で廊下《ろうか》に貼《は》った［不注意なことばは人生で高くつく］のポスターの前を歩いていると、父さんがいうよりもっとひどいと思いはじめていた。

「どこにいたの？」チャーリーがいった。「もうとっくのむかしにログインしてたんだけど」

「父さんの車が動かなかったんだ。ごめん」

「ねえ、だいじょうぶなのジョシュ。顔が……」

青ざめてる？

ひきつってる？

ビビりきってる？

ちびりそうに見える？

「すぐよくなるよ。いまはちょっと……」

「それに、頭の上のそれはなに？」

「ああ、これね。うっかり忘《わす》れるところだった」そういいながら、ミニチュアサイズのランプシェードをポケットから取りだした。「これはきみの。母さんが作ったんだ」

「すっごくかわいいね。あとでつけて」

充電器《じゅうでんき》からコードを抜《ぬ》こうとする手がふるえた。

「コードがこんがらがってる。いったいなにをしてたの？」

「知ってるわけないでしょ。ずっとテレビを見てたんだ。ねえ、どうしてそんなにふるえてるの？」

「うまくいかないんだよ、チャーリー。コードをほどけないよ」

「だいじょうぶ、できるって。そんなに緊張《きんちょう》しないで。前の劇《げき》みたいなことにはならないから。セリフはちゃんとはいってるし、ジョシュはいい役者だよ。それに、今回はそばにわたしがいるんだから」

「ありがとうチャーリー。きみは……すばらしい人だよ。もし、うまくやれるとしたら、みんなきみのおかげだよ」

「そんなことない。ジョシュは……」

「この前はごめん」

「なんのこと？」チャーリーがいった。ぼくはようやくチャーリーを棚《たな》からおろした。

「ぼくはバカだったよ。きみと相棒《あいぼう》になるのは、なんていうか、最悪のことだと思ったんだ。ところがどうなったと思う？　ロボットの親友になるのは、これまでぼくがやってきたことのなかでも、いちばん賢《かしこ》いことだったんだ」

チャーリーはしばらくなにもいわなかった。

「ちょっと待って。わたし、なにかききまちがえてないよね？」

「なにを？」

チャーリーは泣きそうな声でいった。

「親友ってきこえたんだけど、それって本気なの。ジョシュ？」

こんどはぼくまで泣きそうだ。

「もちろん、本気だよ。まだ、顔も合わせたことないけど、きみのことは、ずっと前からよく知ってるような気がするんだ」

「それをきいて、どんなにうれしいか、ジョシュにはきっとわからないと思う」チャーリーがいった。

「ねえ、ジョシュ、劇《げき》がはじまる前に、どうしてもいっておかなきゃいけないことがあるの」

「いや、いいよ」なんだか照れくさくて、ぼくはそういった。「いわなくてもわかってる。きみもぼくのことが好きだって！」

「いいたいのは、それじゃないんだ。もちろん、ジョシュのことは好きだよ。だけど、わたしがいいたいのは、ジョシュの前の学校で起こったことについてなんだ、それは……」

チャーリーはだまってしまった。

なかなか話しださない。

長すぎる。二十秒以上もまったく物音ひとつしない。ぼくはパニックを起こしはじめた。

「チャーリー、ねえ、チャーリー、なにか話してよ、チャーリーったら」


「ハ、ハ、ハ。ハッ、ハッ、ハッ！」

笑い声がどんどん大きくなる。


「ハッ、ハッ、ハァー！」

最初にきこえた小さな「ハ」から、それがノアの声だとわかった。ノアは、ライト先生からいつもやめろといわれているにせの葉巻《はまき》を口にくわえて、教室のドアのところに立っていた。満面の笑顔《えがお》だ。

「おやおや、ガールフレンドになにかあったのか？」ノアはいった。

「わからないんだ」ぼくはなんとか息を整えようと必死だった。「話していたら、急にとぎれて……」

ノアはゆっくり近づいてきた。

「それはたいへんだな、ジョシュアちゃん、どうしたんだろうな？」

「たぶん、学校のWi-Fiのせいだ」そういっていると、教室がぐるぐるまわりはじめた。「またすぐにログインすると思う」

「Wi-Fiはちゃんと動いているぞ」ノアがいった。「バッテリー切れじゃないのか？」

「それはないよ」ぼくはなにか吐《は》くときのいれものがないかと、教室を見まわしながらいった。「充《じゅう》電器《でんき》からはずしたのは、ほんのさっきだから」

「そうかい」ノアは目を細めて壁《かべ》のプラグソケットを見ながらいった。「で、充電器《じゅうでんき》ってそれのことか？」

「うん」

「だとしたら、なにがあったのか、おれにはわかるな」

息ができないし、いまにも吐《は》きそうだ。「どういうことだよ？」

「それは電子黒板用の充電器《じゅうでんき》だと思ってたよ」そういうノアの笑い顔はさらに大きくなった。「だから、スイッチを切っておいた方がいいと思ったのさ」

「なんだって？　いつだよ？」

ノアは頭をポリポリかいている。

「いつだったかな？　あれはきのうだな。体育の授業中《じゅぎょうちゅう》おれがとちゅうでトイレにいったの、覚えてるだろ？　あのときだよ。いまここにきたのも、万が一きょうに限《かぎ》って火事でも起きてないか、心配だったからだ」

「バカやろう」ノアに体当たりするべきか、それとも、ゲロを吐《は》きかけてやるか迷《まよ》った。「おまえのせいで、チャーリーのバッテリーは充電《じゅうでん》できなかった。チャーリーは劇《げき》にでられないじゃないか。なんで、こんなことするんだよ？」

ノアはまた頭をかいた。

「なんでかって？　わかりきったことだろ。ノア・シムキンズをコケにして、ただですむやつはいないってことだ。それが理由だよ、ジョシュアちゃん」

「だけど……劇《げき》はどうするんだよ？」

ノアはまた頭をかいた。

「どうするかって？　おまえがひとりで二役やったらどうだ？　いや、それはだめか。忘《わす》れてたよ、おまえはロボットのお友だちがいなけりゃ、なんにもできないんだったよな。そうだろ、ジョシュアちゃん？　おれはみんなに知らせにいった方がよさそうだな」

ノアのいう通りだ。ぼくはチャーリーがいなければなにもできない。

ノアは最高のチャーチル声で最後にひとこといって、勝ち誇《ほこ》ったように立ち去った。

「われわれは、校庭で戦うだろう。われわれは全校集会でも戦うだろう。われわれは国語の授業《じゅぎょう》でも、演劇《えんげき》クラブでも戦うだろう。だが、われわれはけっして降伏《こうふく》しない」

しばらくは、ぴくりとも動けなかった。降伏《こうふく》するというのは、いまのぼくにとって、すごくいいアイディアだと思えた。足に感覚がもどりはじめたと思ったのは、なにをするべきかはっきりとわかったからだった。

31

逃《に》げろ！　どこへなのか、どうしてなのかもわからないけれど、ぼくは体が命ずるままに死んだロボットをライト先生の机《つくえ》に置き去りにして、教室からとびだした。

ぼくは走った。走りに走った。［みんなでやりとげよう！］のポスターの前を通り、階段《かいだん》をかけおり、コピー機の前を通り、ノアが「残念な」ニュースを発表しているであろう講堂《こうどう》の前を通り、クラス委員と今月のスターたちの写真の前を通り、職員室《しょくいんしつ》の前を抜《ぬ》け、正面玄関《げんかん》から外へでた。

ぼくは校庭の真ん中に立って、ゼーゼーと息をした。吐《は》きだした熱い息が、夜の冷たい空気とまじりあう。すくなくとも、もう吐《は》き気はない。ただただ、絶望的《ぜつぼうてき》な気分。ぼくにわかっているのは、チャーリーがいなければ、劇《げき》なんかできないということだけ。

生徒の家族が、もう、ちらほらメインゲートのところにいる。だれかがぼくに気づいて、ライト先生に知らせたらどうしよう？　ぼくは走りつづけるしかない。校庭のどこかで、ランプシェードがぬげた。それがどうした。ぼくには完璧《かんぺき》なかくれ場所のあてがあった。フェンスのむこうの民家の弱々《よわよわ》しいあかりだけが、ぼくの足元を照らす。あそこなら、だれにも見られる心配はない。

それがなんの木なのかは知らないけれど、その木の裏側《うらがわ》の冷たく湿《しめ》った草むらにもぐりこんだ瞬間《しゅんかん》、もう安心だと思った。すぐにぼくは、ほっとした気持ちにおぼれていた。父さんは、初演《しょえん》の夜にはいつも逃《に》げだしたくなるといっていた。いま、父さんの気持ちがすごくよくわかる。

ほっとした気持ちは、すぐに恐怖《きょうふ》と混乱《こんらん》のいりまじった気持ち悪さへと変わった。それと絶望感《ぜつぼうかん》。気づくと、ぼくは全身ガタガタふるわせながら、泣きじゃくっていた。

なんとか落ち着かないと。このままじゃ、校庭のだれかに気づかれてしまう。それでぼくは、木の幹《みき》にもたれかかって、コリンズ先生がいっていたことを思い出そうとした。こんなときに役立つことばだ。

「考えているよりひどいことなんて、なにもない」

うん、このことばはすごく……役に立つ。いま起こったことと、これから起こることがおなじくらいひどいのなら、それでいい。なぜなら、このままでいる方が、へたに動くよりずっとましなのは一一〇パーセント（ライト先生ごめん）確実《かくじつ》だからだ。

「二、三回大きく深呼吸《しんこきゅう》すれば、いつだって気分はましになる」

このことばも役に立ちそうだ。でも、それも、暗闇《くらやみ》から呼《よ》び声がきこえてくるまでのことだった。

「だいじょうぶだよ、ジョシュ。いまわたしがいくから」そして、とつぜんあかりが目にはいって、なにも見えなくなった。

最初、その声にきき覚えがあると思った。でも、あかりを背《せ》にした影《かげ》の姿《すがた》がゆっくり近づいてくるのを見て、なにもかもがすべてまちがっていたというおそろしい気持ちがわきあがってきた。

「こんなところでなにをしてるの？　さあ、いこうよジョシュ。劇《げき》にでなくちゃ」

ぼくが見あげると……

ありえないことが起こっていた。

これは幻覚《げんかく》だといってくれ。

これは、ただ見たこともないような悪夢《あくむ》なんだといってくれ。

なぜなら、顔をあげたときに見たもののせいで、ぼくの世界がこなごなに砕《くだ》け散ったからだ。なんとか、理解《りかい》しようとした。なんとか、悲鳴をあげようとした。でも、ぼくの口からでてきたのはこんなことばだけだった。

「ここでなにをしてるんだよ？」

32

「おねがい、ジョシュ。説明させて」

ぼくは走って逃《に》げようとした。でも、また足が動かなくなってしまった。それで、四つんばいで逃《に》げることにした。からまりあった木の根がぼくの背中《せなか》を切り刻《きざ》む。

「あっちにいけ。ほっといてくれ」

「ジョシュはわかってないんだよ」そいつはスマホのあかりでぼくの足元を照らして、さらに近づいてくる。「もうずっと長いあいだ、説明しようとしたんだよ、ジョシュ。すごく気味の悪いことだし、きっと、最悪のタイミングだとわかってるけど、いわせて。チャーリーはわたしなの」

声は低くなっているし、髪型《かみがた》も変わってる。背《せ》もあきらかに高くなっているけれど、その顔は、ずっとぼくの悪夢《あくむ》のなかにこびりついた顔そのままだ。

「ちがう、そんなはずない」

「ほんとうなの、信じて、ジョシュ」

「ぼくをバカだと思ってるのか？　いったい、そんなうそをついて、ぼくからなにを奪《うば》おうとしてるんだ？　なんで、ここにいるんだよ？」

「わたしはジョシュの親友だから」そういいながらゆっくり近づいてくる。まるで、ネズミを追いつめるネコだ。「信じてほしいの、チャーリーはわたしなの」

悪夢《あくむ》のなかでは、ぼくはいつも走って逃《に》げた。でも、恐怖心《きょうふしん》がゆっくり怒《いか》りへと変わっていく。チャーリーのためでなければ、こいつに立ちむかう勇気なんて、わいてこないだろう。どうしてこいつは、あつかましくもこんなふうに、ぼくの親友の名前を口にするんだ？

「どうしてここにきたんだよ？　ストーカーなのか？」

「ちがうよ。わたしは自分の部屋の窓《まど》から、ジョシュが校庭を走って横切るのを見たの。ジョシュが困《こま》ってるのは、はっきりわかった。だから母さんにはゴミをだしてくるといって、でてきた」

ぼくはなんとか立ちあがって、ぼくを苦しめてきた相手を真正面から見た。「ぼくをバカあつかいするのはやめろといってるだろ。ぼくはおまえがだれなのか、知ってるんだ。おまえは……」なんとかその名前を口にすることができた。「ロッティだ」

赤いパーカーのフードをかぶったそいつは、首を横にふった。「ちがう、ジョシュ。いまはちがうの」

「うそつき！」

「ほんとうなの。ロッティはシャーロットを短くした名前だけど、ロッティだったときの自分が、いやでいやでがまんできなくなった。それで、ウォームディーン小学校に転校してきたとき、みんなにはチャーリーと呼《よ》んでってたのんだの」

「あっちにいけ」

「ライト先生はいいアイディアだって思ってくれた」

頭がクラクラする。ぼくには理解《りかい》できない。

「なんで、ぼくが通う学校の名前を知ってるんだ？　どうして、担任《たんにん》の先生の名前を知ってるんだよ？」

「ライト先生はわたしの担任《たんにん》だから。ねえ、ジョシュ、それ以外にどんな理由があると思う？」

「それは……たとえば……」

「それに、ライト先生が毎週髪《かみ》の毛の色を変えるのを知ってる。どうしてだと思う？」

「知らないよ！」

「信じてほしいの」必死でぼくの目を見つめながらいう。「わたしは分身ロボットのむこう側にいた。

そして、ジョシュを助けようとしてきた。劇《げき》でいっしょに演《えん》じてるのもわたし。ジョシュの妹のウサギ小屋でも時間をすごした。こんなこと、どうしてわたしが知ってると思う？」

おそろしいことだけれど、じわじわと、なにもかも筋《すじ》が通りはじめた。

「つまり、チャーリーって名前を変えて、わざわざブライトンまでぼくを追っかけてきたっていうのか？　もう一度、ぼくをいじめるために」

「ちがうよ。もちろんそうじゃない。わたしだって、最初は信じられなかった」

「なにが？」

「ジョシュがおなじクラスに転校してきたってことが」そこで赤いフードのそいつはチラッとスマホを見た。「もうあんまり時間がないよ。おねがいだから、わたしにちゃんと説明させて」

「ぼくは家に帰る」くるっと背中《せなか》をむけて、湿《しめ》った草むらをよろよろと横切った。「おまえのうそをこれ以上ききたくない」

そいつはぼくを追ってきた。

「ほんのちょっとでいいから。どうしてもわかってほしいの」

「ほっといてくれっていってるだろ」

そいつはフェンスのむこうの家を指さした。

「その家がわたしと母さんが住んでる家。母さんと父さんが離婚《りこん》したあと、ブライトンに引っ越《こ》してきた」

「それがどうした？」サッカーグラウンドまで吐《は》かずにたどりつけるか、不安に思いながらいった。

「わたしが学校にいけない理由は、もう話したよね。だけど、ジョシュが転校してきたとき、わたしがどんなにおそろしかったかは話してない」

「あ、そう」

「ほんとうに信じられなかった。あの日の朝、クラスにはいってきたのが、どうしてよりによってジョシュなのかって」

一瞬《いっしゅん》でも立ちどまらないと、まちがいなくぼくはもどしてしまう。

「おまえはぼくが大きらいだった。もう一回ぼくをみじめにさせるチャンスだってわけだ。ラッキー！　って、さぞかしよろこんだんだろうな」

こいつがいい役者だってことは知っている。もし、それを知っていなければ、いま流している涙《なみだ》は本物だと思ったことだろう。

「ちがうよ。わたしはほんとうにみじめな気分になった」

「なんでだよ？」

「ジョシュがすごくおびえて見えたから。それがすべてわたしのせいだって、わかってた。あの日の朝、ジョシュが学校にきていなかったなら、たぶんわたしは、教室で発言することはけっしてなかったと思う」

「じゃあ、どうしてしゃべったんだよ？」

「なぜなら、学校にいるのがいやな気分は知ってるし、ジョシュを助けたかったから。それに、もしかしたら、わたしが前にやったひどいことに対して、すこしでもつぐなえるんじゃないかとも思った」

とにかく、いまはこいつからのがれたいだけだ。でも、いままで考えつづけていたことの答えを知りたいとも思った。

「そもそも、どうしてぼくを標的にしたんだよ？　ぼくがなにかした？」

こいつはほんとうに名優《めいゆう》だ。涙《なみだ》が川のように頬《ほお》を伝っている。

「ごめんなさい、ジョシュ。でも、わたしの母さんと父さんは、いつもいい争ってたんだ。だからたぶん、嫉妬《しっと》したんだと思う」

「え？」

「ジョシュの家にはじめていったときのこと、覚えてない？」

「あの日からはじまった」ぼくはそういいながら、またおなじまちがいをしてしまった自分を呪《のろ》っていた。「だけど、あのときはすごく楽しそうだったのに。いったい、なにが気に食わなかったんだ？」

「なんにも」パーカーで目をぬぐいながら答える。「でも、ジョシュの家族はみんなすごくすてきだった。いまでもそうだね。ジョシュもすごく幸せそうだった。ジョシュにわたしとおなじくらいみじめな思いをさせたいって思ったのは、それが理由」

「みごとに成功したってわけだ」

「でも、いまのわたしはあのときとはちがう。信じてほしい」

「ぼくは家に帰る」ぼくは学校に目をやってから、走りはじめた。「もう、いい」

残念なことに、走るのはぼくの方がおそい。逃《に》げることはできなかった。

「ねえ、ジョシュ。あなたをきらってなんかいないの。あなたのことが好きだし、いっしょに劇《げき》をするのは、これまでのどんなことより楽しかった」

なんだかおかしなことが起こっているようだ。学校の講堂《こうどう》から、校庭をわたって興奮《こうふん》したおしゃべりの声がきこえてくる。ライト先生はとっくのむかしに、みんなを家に帰したものだとばかり思っていたのに。

「ねえ、ジョシュ、教えて」息がぼくの背中《せなか》にかかるぐらい近くで、声がした。「わたしたちは、これからも友だちでいられる可能性《かのうせい》はないの？」

「ふざけてるのか？」ぼくは学校の菜園の横を通りすぎ、校庭にかけこんだ。「そんなこと、ぼくが望むとでも思ってるのか？」

「ジョシュ、待って」叫《さけ》び声だった。「それ以上、いかないで」

こいつの命令にしたがうつもりなど、あるわけがない。それなのに、その声にこめられたなにかが、ぼくの足をとめた。

「え？　なんだって？」

ミニバスケのコートを横切って、ぼくのそばにきた。

「もう何か月も、わたしはこれ以上学校には近づいてないの」

最初、また新しいうそなのかと思った。でも、その手がふるえているのに気づいた。

「それじゃあ、登校拒否《きょひ》とか、不登校の話ってほんとうだったのか？」

「もちろんそうだよ。わたしが作り話をしたぐらいで、学校がわざわざ分身ロボットを提供《ていきょう》すると思う？」

その点では、どう考えても、その通りだ。学校に対する純粋《じゅんすい》な恐怖心《きょうふしん》というものを、ぼくはだれよりもよく知っている。

「わかった、信じるよ。でも、ぼくは家に帰る。だから、まだなにかいいたいことがあるんなら、いますぐいって」

するとう、ジーンズのポケットからスマホをとりだし、メッセージをチェックしている。

「もう、あんまり時間がないよ、ジョシュ。劇《げき》はあと十分ではじまる」

「なんだって？」

「やらなきゃだめ。ジョシュだって、それはわかってるんでしょ？」

信じられない！　その日、笑ったのはそれが最初だったと思う。

「そんなおもしろいジョークがいえるんだ！」

「本気だよ、ジョシュ。もしこの『タイム・ツーリスト』をやらなかったら、きっと後悔《こうかい》するよ」

これまでの人生で最悪の夜にも、たったひとつだけいいことがある。それは、大勢《おおぜい》の人が待つステージにあがらなくていいってことだ。

「どっちみちむりだよ。ぜったいやりたくないけど、もし、やりたいとしても、ノアがあのロボットを使えなくしたから」

ふるえていた手が、ふるえるにぎりこぶしになった。

「ノアのせいだっていうのはわかってる。ジョシュが劇《げき》をやらなきゃいけないもうひとつの理由が、それだよ」

「だからむりだって。ロボットなしじゃ……もうひとりのツアーガイドなしじゃ……」

「だいじょうぶ、ジョシュにはできる。わたし、ライト先生になにがあったかメールしたの。そしたら、わたしの代わりにルビーが台本を読んでやってくれるって」

「だめだって」ぼくの指先が氷のように冷たくなりはじめた。「もしまた、ぼくがセリフを忘《わす》れてしまったら？　もし、またぼくが……。だめだ。できないよ」

「もちろんできるって」赤いパーカーの子がいう。ぼくの人生をみじめにした子というよりは、ぼくの親友チャーリーのような声で。「いまジョシュがやるべきことは、自分自身を証明《しょうめい》することだよ」

「だめだ、ぼくは……」

「芝居《しばい》は好きでしょ？　ちがう？」

「うん、でもきみだって」そのとき、ふと思いついた。「もし、ぼくにやってほしいのなら、きみだってやらなきゃだめだ」

そいつは学校の講堂《こうどう》にむかって何歩か近づいたものの、目には見えないバリアでも張《は》られているかのように、そこで足がとまっている。

「ごめんジョシュ。これ以上は近づけないみたい。やりたいとは思うけど、やっぱりむり」

「うん、じゃあしょうがない」ぼくの口元には自然に勝利の微笑《ほほえ》みが浮《う》かんできたけれど、気分は正反対だ。「じゃあ、ぼくもやめとく」

それでも、まだあきらめようとしない。

「ふーん、そうなんだ。つまり、ノアと、あなたの人生をめちゃくちゃにした悪いやつらに好き放題させるってことね。それって、すごくあわれなことだと思わない？」

すこしばかり、かわいそうに思いはじめていたのに、またしても、怒《いか》りがわきあがってきた。

「そんなふざけたこと、いうな！　おまえなんか怖《こわ》くないぞ。あわれなのはどっちか見せてやるよ、ロッティ」

職員室《しょくいんしつ》まであと半分まできたところで、もう後悔《こうかい》しはじめていた。でも、ここで背《せ》をむけて、こいつをよろこばせるようなことなんかできない。だからぼくは歩きつづけた。

33

「がんばろうね、ジョシュ」台本を手に持って、スケートボードの上でバランスをとっているルビーがそういった。「きっとうまくいくよ」

「ありがとう」

幕《まく》の裏側《うらがわ》はピザ窯《がま》よりも暑い。もうめまいがしている。脇《わき》の下から汗《あせ》がダラダラ流れ、マスカラが汗《あせ》で流れ落ちているんじゃないかというおそろしい考えにとりつかれている。もし、劇《げき》の最後まで無事にやりとげられたとしたら、それは奇跡《きせき》だ。

「うん、だいじょうぶだな」新石器時代の建築家《けんちくか》たちが、ちゃんとストーンヘンジのパーツを持っているか確認《かくにん》したイーサンがいった。「ライト先生は席についた。みんな準備《じゅんび》はいいか？」

出演者《しゅつえんしゃ》全員が熱のこもった声で「はーい！」といった。ただし、おなかの詰《つ》め物に苦戦しているヘンリー八世と……ぼくだけはべつだ。

一度はもうだいじょうぶだと思ったのに、イーサンが幕《まく》をあけはじめ、観客がおしゃべりをやめると、ぼくはとつぜん、朝食べた豆とニンジン添《ぞ》えマカロニチーズの味を口のなかに感じた。ウィンストン・チャーチル（つまりノア）が舞台《ぶたい》そでのぼくにしのびよってきて、「おまえはロボットなしじゃ、どうしようもない。そうだよな、ジョシュアちゃん？」と耳元でささやいたときには、まちがいなく吐《は》いてしまうだろうというおそろしい予感におそわれた。

「ジョシュ」イーサンがせっぱつまった声をだす。「出番だぞ！」

「おやおや、どうしたのかな？」ノアがいう。「まさかトイレット・モンスターの息子《むすこ》が舞台《ぶたい》が怖《こわ》いなんていわないでくれよ」

ぼくはさらに気分が悪くなった。でも、それで逆《ぎゃく》に腹《はら》が決まった。なぜなら、ぼくはこれをやらなきゃいけないんだから。ロッティがいっていたように、ロッティにこのままずっと人生を台無しにされるわけにはいかないんだ。それでぼくは、二回大きく深呼吸《しんこきゅう》して、じりじりと舞台《ぶたい》へでていった。

最初にきこえたのはウィローの声だった。

「ほら、母さん、ジョシュだよ！」

父さんが「しーっ！」とだまらせている。

ものすごく緊張《きんちょう》していて、ただ歩くことだけに集中しなければならなかった。なんとかタイムトラベル・ベンチに腰《こし》かけ、観客に顔をむけるまでに、百万年もかかったような気がした。

母さん、父さん、そしてノーマンが最前列にすわっている。ライト先生もだ。ぼくをはげまそうとしているライト先生の微笑《ほほえ》みは、もうすでにムンクの『叫《さけ》び』みたいにひきつっている。

「二、三度深呼吸《しんこきゅう》すれば、かならずよくなる」今回ばかりはうまくいかなかった。というのも、すくなくともすでに一分はすわったままなのに、セリフの最初の一行が思い浮《う》かばないんだから。

「えっと……こんに……わ、わたしは……みなさん、トイレはおすましでしょうか……」（ちがう、こんなセリフはない）

ノアが声をあげて笑っている。

ライト先生は自分の髪《かみ》をひっぱっている。「ようこそ、二十六世紀《せいき》へよ、ジョシュ！」

神経質《しんけいしつ》なそのささやきは、講堂《こうどう》じゅうにひびいた。

ぼくにはできる。そう、できるんだ。「ようこそ、二十六世紀《せいき》へ、わたしの名前は……」

だめだ、だめだ、だめだ！

自分の役の名前が思い出せない。

父さんはもじもじしている。母さんは天井《てんじょう》のクモの巣をチェックしている。ウィローは両手で目をおおっている。ノーマンは眠《ねむ》っているみたいだ（ありがたい）。そして、ぼくはこの場からひたすら逃《に》げだしたかった。

そんなことしたら、もっとひどいことになる。

もっと、ずっとひどいことに。

講堂《こうどう》の横には非常口《ひじょうぐち》がある。そのガラス窓《まど》におしつけられた顔がだれなのかはわからなかったけれど、赤いパーカーは一目瞭然《いちもくりょうぜん》だ。

ロッテイだ。

34

　ゆっくりと、そして、ぞっとするほどおそろしいことに、なにもかもがすっきりと筋《すじ》が通りはじめた。あいつは、ぜんぜん変わっていなかったんだ。それどころか、もっとひどくなってる。すくなくともほんのちょっと前には、ロボットのふりをやめて、ぼくの親友のようにふるまっていた。でも、「だいじょうぶ、ジョシュにはできる」だの、「悪いやつらに好き放題させちゃだめ」とかいうことばも、ぼくをもう一度舞台《ぶたい》にあがらせて、笑いものにする計画の一部だったんだ。

　ここから逃《に》げださないと。なのに、動けない。吐《は》くことさえもできない。

　なのでぼくは、なにか奇跡《きせき》でも起きないかと期待して、観客席の方を見つめた。すると、ものすごくおかしなことが起こった。非常口《ひじょうぐち》のドアが勢《いきお》いよくあいて、赤いパーカーの子がとびこんできた。

「ハロー。サム。おくれてごめんね」そいつは観客席のあいだを走ってきて、ステージにとびあがっていった。「ようこそ、二十六世紀《せいき》へ。わたしの名前はルーシー。わたしたちは、百三十七億九千八百万年の旅のガイドをつとめます」

ぼくは……なにがなんだかわからなかった。

ロッティはなにをやってるんだ？ さっぱりわからない。むかしの敵《てき》がぶざまな姿《すがた》をさらしているところを間近で見たいだけなんだろうか？ ただ、ロッティは笑っていない。それどころか、ぼくにも負けないぐらいすくみあがっている。すくなくとも、セリフは覚えているようだけれど。

「みなさん、どうぞローマ時代の通貨をたっぷり持っていくのと、トイレをすませておくのをお忘《わす》れなく」

観客が笑った。

ロッティはぼくにむけて、緊張《きんちょう》でこわばりまくった笑顔《えがお》を見せると、タイムトラベル・ベンチのぼくのとなりにすわった。

笑顔《えがお》を返すことはしなかったけれど、ステージの上でだれかがとなりにいるのは、心強かった。たとえそれがロッティでも。

何度か深呼吸《しんこきゅう》をすると、奇跡的《きせきてき》にセリフをいう力がもどってきた。

「紳士淑女《しんししゅくじょ》のみなさん、最初はどこがよろしいでしょう？ ストーンヘンジの建築現場《けんちくげんば》は？ 千五百年ほどかかりますので、サンドイッチをお忘《わす》れなく！」

父さんは、このひろい世界でいちばん好きな音は観客の笑い声だといっていたけれど、ふたたび笑い声があがったとき、ぼくもその通りだと思った。というのも、それ以降《いこう》はことばがなめらかにでるようになったし、歩き方も覚えたてのヨチヨチではなくなったからだ。正直なところ、アン・ブーリンが首を切り落とされたところまできたときには、ぼく自身、芝居《しばい》を楽しみはじめる余裕《よゆう》さえできていた。

ロッティもそうだったみたいだ。最初にステージにとびあがったときには、コチコチだったけれど、手も声もふるえなくなっている。ロッティがなにかをくわだてているのかどうかは、ぼくにはまだわからない。それでも、この劇《げき》をめちゃくちゃにしようとしているのではないことはたしかだ。すばらしい演技《えんぎ》だった。ライト先生は正しかった。ぼくたちはいっしょならうまくやれる。父さんがいうには、テレビでは親友同士《どうし》に見える役者でも、実際《じっさい》の生活ではいがみ合っていることがよくあるそうだ。なので、舞台《ぶたい》でうまくやれたとしても、それ以上の意味はない。

その後の劇《げき》はとてもうまくいった。ロンドン大空襲《だいくうしゅう》の場面で書き割《わ》りの模造紙《もぞうし》にトラブルがあったのと、イーサンが疎開《そかい》児童用のガスマスクを持っていくのを忘《わす》れたせいで、長い間《ま》があいてしまったのはべつとして。観客は女性参政権《じょせいさんせいけん》運動の場面と、イングランドがサッカーのワールドカップで優《ゆう》勝《しょう》した場面が、大いに気にいっていた（特にコーヘン先生）。でも、ぼくがいちばん楽しいと思った場面は、ぼくが観客にむかってイギリス人観光客はゴミを散らかす悪い評判《ひょうばん》があるといったときに、ノーマンが大声で笑ったところだった。ノーマンは笑いすぎて咳《せ》きこみはじめ、母さんに背中《せなか》をトントンたたかれていた。

というわけで、二十六世紀《せいき》にもどってきたころには、もう一度最初からやれたらいいのにと思うほどだった。

「紳士淑女《しんししゅくじょ》のみなさん、ありがとうございました。今宵《こよい》、みなさんはタイムトラベルをお楽しみいただけたことでしょう。残念ながら、まだガイド料をいただいておりませんので、ルーシーが帽子《ぼうし》を持ってみなさまのもとへうかがいましたら、どうぞ気前よくお支払《しはら》いのほど、おねがい申しあげます」

そこで父さんが叫《さけ》んだ。

「ブラボー！」

母さんは爆発《ばくはつ》しそうなほど誇《ほこ》らしげだし、すぐに観客全体が拍手《はくしゅ》がわりに足を踏《ふ》み鳴らしはじめた。ノーマンなどは、ほかの人よりもすこし長くつづけたぐらいだ。

最後までやりとげることができて、信じられないような気分だった！

「うまくいったね、ジョシュ」ロッティがささやいた。「ジョシュならできるっていったでしょ？」

ロッティと手をつなぐつもりはなかったけれど、ステージの前にならんで、ひときわ大きな声でよろこんでいたライト先生がイーサンに幕《まく》をしめるように合図するまで、何度も何度もいっしょにお辞《じ》儀《ぎ》をした。

＊　＊　＊

舞《ぶ》台《たい》裏《うら》ではだれもが大《だい》興《こう》奮《ふん》だった。ヘンリー八世の妻《つま》たちは勝利のダンスみたいなものをおどっているし、ブリテン島のローマ人たちはハイタッチをしている。ビクトリア女王は側転だ。ライト先生が花束を持ってあらわれたときには、全員で歓《かん》声《せい》をあげた。

「すばらしかったわ、みんな。みんな、ほんとうによくやった。最高にすばらしかった！」

ぼくには、どうしても声をかけたい相手がいた。でもその子は、幕《まく》がしまるとすぐに姿《すがた》を消して、それ以《い》降《こう》は見ていない。講《こう》堂《どう》を見まわすと、誇《ほこ》らしげな親たちがぼくたちを待ちかまえているけれど、あの子はどこにもいない。そこで廊《ろう》下《か》に走りでてみると、そこにいた。今月のスターのポスターの前を急ぎ足で通りすぎようとしている。

「ロッティ、待って！」

ロッティはふりむいた。期待に満ちた表《ひょう》情《じょう》だ。「なに？」

「ぼくはただ……」つぎのことばは、なかなかでてこなかった。

「なにがいいたいの、ジョシュ？」

「ぼくはただ、ひとこといいたかったんだ。きみを信じるって」

ステージの上では名演技《めいえんぎ》をしていたロッティが、いまはまた、ふるえているみたいだ。

「どういう意味？」

「きみは変わったってことを」ぼくはロッティに歩み寄《よ》ってそういった。「それに、きみはほんとうにぼくを助けようとしていたんだってことも。きみがロボットだったときのことだけど」

「わたしはずっと、わたしがだれなのかをいいたかった。わたしがだれだったのかをね。でも、どういったらいいのか、わからなかった」

ぼくはいまもロッティに対して怒《いか》りを感じている。ぼくに伝えるチャンスはいくらでもあったはずだ。

「とにかく、今晩《こんばん》は、ぼくを助けにきてくれて、ありがとう。頭が真っ白になってたんだ」

ロッティは微笑《ほほえ》んだ。セント・アンドリューズにいるときにはめったに見たことのない笑顔《えがお》だ。

「うん、それははっきりわかった！」

「きみがいなければ、けっして最後までやりとげられなかったと思う」

「あの非常口《ひじょうぐち》までたどり着けるとも思ってなかった」ロッティは手のふるえをおさえようと、自分をぎゅっとだきしめている。「だけど、ジョシュのことが心配だった。ジョシュにはうまくやってほしかった」

「ありがとう」

「それで……ジョシュはどう思う？」しっかり床《ゆか》に目を落としたままロッティはいった。「わたしたち、また友だちになれるかな？」

ぼくも床《ゆか》を見つめた。まるでふたりで、落とした定規《じょうぎ》かなにかをさがしてるみたいだ。ほんとうはぼくはそのとき、親しい友だちのチャーリーのこと、そして、チャーリーといっしょにいるとどれほど楽しかったかを考えていた。

「たぶんむりだと思う」ぼくはまたマスカラが流れださないかと心配しながらいった。「でも、すくなくとも、おたがいに敬意《けいい》を持つことはできると思うんだ」

「うん、それいいね」ロッティは不安げに玄関《げんかん》ドアをチラッと見ながらいった。「わたし、もういかなきゃ。母さんが見てる番組が終わっちゃう。わたしがどこにいったのかって、心配すると思うから」

「あしたは会える？」

「あした？」その声はすこしばかり悲しそうだった。「ジョシュがロボットを充電《じゅうでん》してくれたらね」

「でも、そうじゃなくて……」

「なに？」

「今晩《こんばん》のことがあったあとなんだから、学校にこられるんじゃないかなって」

ロッティは首を横にふった。

「そんなかんたんにはいかないよ、ジョシュ。今晩《こんばん》は……すばらしかった。でもいつ学校にもどれるかは、わたしにもわからない。会えるときが会えるときだよ」

ロッティは玄関《げんかん》ドアをあけた。ぼくの心はゆっくり沈《しず》んだ。

「ロッティ？」

「なに？」

「いつかいっしょにサッカーゲームをしようよ。その気になったらさ」

ロッティは玄関《げんかん》ドアでぼくとおなじようにとまどっている。でていくかもどるのか、決めかねている。永遠《えいえん》の時間がすぎたと思うころになって、ロッティはふりむいて、うなずいた。

「うん、いいね」

「よかった」

「ああ、ジョシュ？」

「なに？」

「わたしのことは、もうロッティって呼《よ》ばないで。わたしはチャーリーだよ、いい？」

35

夏学期の中間あたりのある日の午後、ライト先生がぼくに学校の玄関《げんかん》ホールへいくようにいった。ぼくはずっと微笑《ほほえ》まずにいられなかった。この瞬間《しゅんかん》を、何週間も待ちわびていたんだから。

チャーリーをもう一度信頼《しんらい》するようになるまでには、長い時間がかかった。ただいっしょにゲームをするだけからはじめて、しばらくは、ロボットとの相棒《あいぼう》関係にもどり、いろいろなことを話し合うようになった。それがぼくたちのどちらにもよかったみたいだ。現在《げんざい》のチャーリーがどれほど心細いのかよくわかったし、ぼくにできることなら、なんでも助けてあげようという気にもなった。

「いまの気分は？」

「最悪」

「それは、今晩《こんばん》ぼくがサッカーゲームできみをコテンパンにするからだね！」

「夢《ゆめ》のなかでね」チャーリーがいった。ぼくのあとについて、廊下《ろうか》を階段《かいだん》にむかって歩く。

「きみがもどってくるって、みんなよろこんでるよ。ほんとは『お帰りなさい』の横断幕《おうだんまく》を作りたかったんだけど、ライト先生はたぶんそっとしておいた方がいいんじゃないかって」

チャーリーはなんとか笑《え》みを浮《う》かべた。

「ノアはどう？　あいつ、またきつくあたると思う？」

「だいじょうぶだよ、チャーリー。あいつにはできないさ。あいつがロボットになにをしたのか知ったライト先生が、三週間、毎日ランチの時間に、一年生のクラスの筆洗《ひっせん》バケツを洗《あら》わせたから。それに、いまも最初の休み時間の半分は謹慎《きんしん》をくらってる」

「しばらくは週に三回、午後だけ通うんだけど、また、おんなじことのくり返しになるんじゃないかって、怖《こわ》いんだ」

「そうはならないよ」

「どういうこと、ジョシュ？」

「ぼくがいるからさ」

チャーリーは微笑《ほほえ》んだ。今度は本心からの笑顔《えがお》みたいだ。

「なんだか、きいたことがあるようなセリフだね」

「その通り。ぼくたちは友だちなんだから、なにもかもがずっとよくなってるって」

［きっといまにみんながいうでしょう、あれは最高の時間だったって］のポスターの前をすぎたところで、チャーリーがふるえはじめた。

「ここでちょっと休んでいいかな？　なかにはいる心の準備《じゅんび》ができてないんだ」

「だいじょうぶだって」ぼくはささやいた。「きみにはできるってわかってる」

チャーリーにはいわないけれど、実際《じっさい》のところ、ぼくは心のなかで、すごく心配していた。もしチャーリーが、きょう、最後までいられなかったらどうしよう？

「やっぱり、まだ準備《じゅんび》ができてないみたい、ジョシュ」

「できてるって」ぼくはそういって、深呼吸《しんこきゅう》をするとドアをおしあけた。「さあ、いこう」

ライト先生はチャーリーが最初に教室にはいるときのためのリハーサルを、クラス全員とすませていた。それが完璧《かんぺき》にうまくいった。ぼくたちが机《つくえ》まで歩くあいだ、だれひとり、顔をあげない。

「ハイ、チャーリー」ライト先生はこれが歴史《れきし》上いちばんなんでもない日であるかのようにいった。

「もしものために、教科書を机《つくえ》の上においておいたから。ひらいたページの熱帯雨林の勉強をまだやってるんだ。くわしくはジョシュにきいてね」

「ハイ、チャーリー」ルビーが真新しいスティックのりを手わたしながらいった。「また会えて、すごくうれしい」

「わたしも」チャーリーも微笑《ほほえ》みながらいった。

最初の十分ほどはなにもかもがうまくいっているようだった。ぼくたちは好きなチョコレートバーのことを話したし、ルビーはチャーリーに、スーパーモデルが警官《けいかん》になるための訓練を受ける新番組を見ているかとたずねた。それに、熱帯雨林の勉強もすこしはした（熱帯雨林は地球の陸地の六パーセントをおおってるって知ってた？）。

でも、そこでノアが手をあげたので、ぼくはやつがなにかしでかすんじゃないかと、恐怖《きょうふ》を感じた。

「はい、ノア、なにか？」ライト先生がいった。「熱帯雨林についてでしょうね？」

ノアはゆっくり立ちあがると、ニヤリと歯を見せた。ノーマンが庭にポテトチップスのゴミを捨《す》てているのはあのウィンストン・チャーチルだ、と確信《かくしん》したとき、ダリー校長は、三ページにわたる謝《しゃ》罪文《ざいぶん》を書かせた。まさか、あいつ、なにかやるつもりじゃないだろうな？

「熱帯雨林のことじゃないんだけど」ノアはいった。「おれ、チャーリーにお帰りっていいたいんだ。それと、おれがやったことをあやまりたい」

ライト先生は夏用に短く切った髪《かみ》に手をのばした。

「それはいいことですね、ノア。さあ、すわってちょうだい。授業《じゅぎょう》をつづけたいから」

ノアは立ったままだ。

「劇《げき》のときはべつだけど、チャーリーは長いあいだずっとロボットだったから、なんか変な感じがするんだ。それで、もしよかったら、いったいなにがあったのか、みんなに話してもらえないかなって」

「いいましたよね、すわってちょうだい、ノア！」

かわいそうに、チャーリーはしょげ返っている。やっぱり、まだ心の準備《じゅんび》ができていなかったんだろうか。

「チャーリーがどこにいたのか、おれたち知らないよな？　伝染病《でんせんびょう》かなにかかってことはないのか？」

ライト先生はカンカンに怒《おこ》っているようだ。まちがいなく、これはリハーサルにはなかったことだ。

「もうじゅうぶんです、ノア。いますぐすわらないのなら、まっすぐダリー校長のところへいってもらいますよ」

そのとき、チャーリーがピョンと立ちあがった。最初、教室からでていこうとしているのかと思った。けれども、チャーリーは決意を固めたような表情《ひょうじょう》をしている。

「だいじょうぶです、ライト先生。質問《しつもん》に答えます」

「むりしなくていいの、チャーリー。そんな必要ないから」

「だいじょうぶ、話したいんです」

チャーリーがノアに顔をむけると、クラスじゅうが静まり返った。

「わたしは、学校にきたくないわけじゃなかった」チャーリーが話しはじめた。「こられなかったの。なんとか家からでようとためした回数は数えきれないほど。いつも家の玄関《げんかん》まではいける。でも、それ以上はむりだった。わたしみたいな子のことを登校拒否児《きょひじ》っていう人がいるけど、拒否《きょひ》してたんじゃない。わたしにはほかに選択肢《せんたくし》がなかった」

「ぼくもときどきそうなる」イーサンがいった。「特にテストの日には」

「分身ロボットは登校しないで学校にくるのを助けてくれた。でも、それさえもできないこともあった」

「ずっとブルーのライトをつけてたのはそれが理由？」そういったのはルビーだ。

チャーリーはうなずいた。「そう、だから、ノア、わたしは伝染病《でんせんびょう》なんかじゃないし、べつに恥《は》じてもいない。わたしの心の健康状態《じょうたい》は、ノアにはなんの関係もないから。だけど、どうしても知りたいっていうなら、いつか、一対一で、よろこんで話してあげる」

ノアは首をふりながら腰《こし》をおろした。

「というわけで、わたしがどこにいたのかは、どうでもいいでしょ？」チャーリーがいった。「たったひとつ問題なのは、いまわたしがどこにいるのかってこと」

そのとき、クラスじゅうから拍手《はくしゅ》が起こった。ぼくの親友はこの先だいじょうぶだってわかったのはその瞬間《しゅんかん》だった。

エピローグ　気になるその後……？

ぼくとチャーリーは、夏のあいだずっと、ノーマンの庭仕事を手伝った。でも、家のなかにはいったのは、その日がはじめてだった。

「さあ、はいったはいった」ノーマンはぼくたちを居間《いま》へと手まねきした。「いったい、なんだってんだ？」

「きょうがなんの日か、知ってるから」母さんがいった。「お祝いのお手伝いをしようかと思って」

この老人の顔は、悲しみでくしゃっとしわだらけになった。

「それはご親切に、エイミー。だが、ひとりでやろうと思ってたんだがね」

「その人がベリル？」チャーリーが壁《かべ》にかかった笑顔《えがお》の女性《じょせい》の写真を指さしていった。「とってもすてきな人だね」

「ああ、その通りさ」

チャーリーも笑顔《えがお》になった。最近では、チャーリーもよく笑う。

「きっとベリルも、六十八回目の結婚《けっこん》記念日をひとりですごさせたくないと思うけど？」

「ああ、それはまあ……」

「もちろんそうよ」母さんが背中《せなか》にかくしていたバッグをだして、ノーマンの鼻先でゆらした。「それで、結婚《けっこん》記念日の特別ランチを持ってきたの」

ノーマンの顔に笑顔《えがお》のきざしが見えた。

「もしかして、あれなのか？」

「その通り。ちょっとぎゅうぎゅうだけど、ソファにすわって、そのコーヒーテーブルをこっちに寄《よ》せない？　小さな木のフォークも買ってきたから、直接《ちょくせつ》箱からつつけばいいわ」

「そりゃいいね」ノーマンがいった。「ケチャップはキッチンテーブルの上だ」

「とってくるね！」とチャーリー。

母さんは箱を手わたしていく。

「これはわたしとノーマンのフィッシュ・アンド・チップスよ。塩とビネガーはたっぷりかけてあるからご心配なく」

「そりゃうまそうだ」

「ジャンボソーセージはジョシュの。チャーリーには豆のフリッターね」

「うれしい」チャーリーがいった。「ケチャップがほしい人は？」

ぼくはもうよだれがでてきた。でも、ジャンボソーセージはもうすこしだけおあずけだ。

「ちょっと待ってね、ノーマン。サプライズを用意してきたんだ」ぼくはいった。

「サプライズ？」ノーマンは疑《うたが》わしげだ。

ぼくがリュックから母さんのｉＰａｄをとりだして、ノーマンの前におくと、さらに疑《うたが》わしげな顔になった。

「まさか、Ｅメールの送り方でも教えようっていうんじゃないだろうな？」

「そうじゃないよ」チャーリーがいった。「心配しないで。きっと気にいると思う」

「よし、準備完了《じゅんびかんりょう》」ぼくはそういってスクリーンにタッチした。「はじめるよ、ノーマン。これを見て」

スクリーンを見たノーマンの顔がパッと明るくなった。

「これはこれは、チビのウィローとトイレット・モンスターじゃないか」ノーマンは壁《かべ》の笑顔《えがお》の女の人に顔をむけた。「近ごろじゃ、びっくりするようなことができるようになったもんだ。なあ、ベリル」

ウィローはもうチップスを食べはじめている。

「ハイ、ノーマン。わたしたち、どこにいると思う？」

「さっぱりわからんな。月の上にでもいるんじゃないのか？」

「こんにちは、ノーマン」父さんがいった。キャップのつばをうしろにしてかぶっている。かっこいいつもりなんだろう。「結婚記念日《けっこんきねんび》おめでとう。今年は、ノーマンが桟橋《さんばし》のはしまでいくのはむりなようだから、これが次善《じぜん》の策《さく》だと思ったんですよ」

「こりゃたまげた。まさか、あのロボットを持っていったのか？」

「いえいえ、スマホですよ。ノーマンがいった通り、近ごろじゃ、びっくりするようなことができるようになってるんですよ」

ウィローは父さんが着ている「なにもかもがウサギで解決《かいけつ》するわけじゃない」Tシャツをひっぱっていった。

「父さん、ノーマンに海を見せてあげなよ。海だよ海！」

「わかったわかった。そっちにはあとで合流します。さあ、この景色を楽しんで、ノーマン」

父さんとウィローはバイバイと手をふった。そのあと、一瞬《いっしゅん》画面が乱《みだ》れて、カメラが深いブルーの海をとらえた。

壁《かべ》の笑顔《えがお》の写真にむけたぼくたちの年老いた友だちの目には、はっきりと涙《なみだ》が浮《う》かんでいた。ノーマンはささやく。「永遠《えいえん》に愛してるよ、ベリル」それから、フィッシュ・アンド・チップスにむしゃぶりついた。

「それで、わたしたちはこのあと、なにしようか、ジョシュ？」チャーリーが豆のフリッターをフォークでつつき、ケチャップをからめながらいった。「ミアとエイバは『ドクター・フー』マラソンをやってるんだって」

「うん、でもロクサーナはサンメイとハリーといっしょに新しい犬をつれて、公園にいくっていってたよ。そっちも楽しそうじゃない？」

「ルビーがメールしてきたんだけど、家にきて、いっしょに動画を作らない？　だって」チャーリーがいった。「わたしたち、前はよくやってたんだ」

「うん、それもいいね」ぼくは、手をのばして、チャーリーのチップスをひとつかすめとった。「それか、またサッカーゲームで、ぼくにコテンパンにされるっていうのはどう？」

不安をしずめるための呼《こ》吸《きゅう》法《ほう》

だれにでも、不安におしつぶされそうになって、なんとか気持ちを落ち着かせなくてはいけない瞬間《しゅんかん》はあるものです。ジョシュのように、あなたもドキドキを克服《こくふく》する自分なりのテクニックを身につけましょう。まずは、つぎのいくつかのかんたんな呼吸法《こきゅうほう》をためしてみませんか?

シャボン玉を使った深い呼吸《こきゅう》

ストローをシャボン玉液《えき》にひたし、くわえます。深くやさしく息を吹《ふ》きこんでシャボン玉を作ります。これは、不安の気持ちが高まりすぎて、心拍数《しんぱくすう》をさげなくてはいけないときに、深い呼吸《こきゅう》ができるようになる楽しい方法です。

羽根

文具、アート用品などをあつかう店やオンライン・ショップで、色とりどりの鳥の羽根を手に入れましょう。まず、ハッピーな気分になるか、心が落ち着くあなたの好きな色の羽根を選びます。口の前でその羽根をもって、三つ数えながら深く息を吸《す》います。

つぎに、羽根の片側《かたがわ》に下から上にむけて息を吹《ふ》きかけます。

ふたたび三秒間息を吸《す》い、羽根の反対側に上から下にむけて息を吹《ふ》きかけます。

気持ちが落ち着くまで何度でもくり返しましょう。

深呼吸《しんこきゅう》――体を使う

山のポーズ

手のひらを前にむけて両手を胸《むね》の高さにあげ、左手の指をヒトデのようにいっぱいにひろげます。つぎに右の人差し指を、ひろげた左の手の親指のつけねに当てます。そのとき、右手の人差し指はまっすぐ上にむくように当てます。

深く、ゆっくり息を吸《す》いながら、右の人差し指を左の親指のつけねから外側を通って親指の先まで動かします。それから息を吐《は》きながら、右の人差し指を左の親指の内側を通ってつけねまでおろします。

これを親指から人差し指、中指と五本全部にこれをくり返します。小指まで終わると、深呼《しんこ》吸《きゅう》を五回したことになります。ひとりでも友だちとでもできます。

両手を両肩《りょうかた》に

深呼吸《しんこきゅう》をするときには胸《むね》ではなく、おなかから息をします。ときどき、呼吸《こきゅう》を忘《わす》れることがありますが、その場合、体が緊張《きんちょう》して不快《ふかい》になりがちです。おなかから呼吸《こきゅう》をすることによって深い呼吸《こきゅう》ができて、体全体がリラックスして、酸素《さんそ》をたっぷりとりこむことができます。

すわっているときも立っているときも、腕《うで》は体の横にまっすぐおろします。つぎに両手を前にまっすぐのばし、ひじをまげて肩《かた》にふれます。

そのままおなかで深呼吸《しんこきゅう》します。そのとき、肩《かた》が大きくあがる場合は、おなかではなく胸《むね》で息をしていることになるので気をつけましょう。

著者
サイモン・パッカム
SIMON PACKHAM

イギリス、ブライトン生まれ。マンチェスター大学で演劇を学び、卒業後25年にわたってプロの俳優、ミュージシャン、コメディアンとして活躍。2008年に最初の小説が出版され、その後、作家として高い評価を得ている。作品に“Silenced”、“Firewallers”、“Has Anyone Seen Archie Ebbs?” などがある。

訳者
千葉茂樹
SHIGEKI CHIBA

北海道生まれ。国際基督教大学卒業後、児童書編集者を経て翻訳家に。訳書に『ブラックバードの歌』『ルビーの一歩』（以上あすなろ書房）、『名探偵ホームズ 瀕死の探偵』（理論社）、『さようならプラスチック・ストロー』（光村教育図書）、『海にしずんだクジラ』（BL出版）など多数ある。

ぼくとロボ型フレンド

2024年11月20日　初版発行
2025年 4 月30日　2刷発行

著者　サイモン・パッカム
訳者　千葉茂樹
発行者　山浦真一
発行所　あすなろ書房
〒162-0041 東京都新宿区早稲田鶴巻町551-4
電話 03-3203-3350（代表）
印刷所　佐久印刷所
製本所　ナショナル製本

ISBN978-4-7515-3227-0　NDC933　Printed in Japan